명
예

RUHM
by Daniel Kehlmann

Copyright © Rowohlt Verlag Gmbh 2009
All rights reserved.

Korean translation edition is published by arrangement with
Rowohlt Verlag Gmbh through Momo Agency.

Korean Translation Copyright © Minumsa 2011, 2025

이 책의 한국어 판 저작권은 모모 에이전시를 통해
Rowohlt Verlag Gmbh와 독점 계약한 (주)민음사에 있습니다.

저작권법에 의해 한국 내에서 보호를 받는 저작물이므로
무단 전재와 무단 복제를 금합니다.

명예

9가지 이야기로 쓰인 한 편의 소설

다니엘 켈만
임정희 옮김

민음사

일러두기

1 본문의 각주는 모두 옮긴이 주이다.
2 이 책은 민음사 모던 클래식 시리즈로 펴냈던 『명예』를 새로 펴낸 것이다.

차례

7   목소리
24   위험 속에서
50   로잘리에가 죽으러 가다
77   탈출구
92   동양
117 수녀원장에게 답장하다
127 토론에 글 올리기
157 내가 어떻게 거짓말을 하며 죽어 갔는지
190 위험 속에서

205 옮긴이의 말

목소리

집에 도착하기도 전에 에블링의 휴대전화가 울렸다. 에블링은 지금까지 휴대전화를 갖는 것을 거부했다. 기술자인 에블링은 휴대전화를 믿지 못했다. 사람들은 왜 해로운 전파가 나오는 물건을 아무렇지도 않게 머리에 갖다 대는 걸까? 에블링에게는 아내와 두 자녀가 있고 직장 동료도 많아서 늘 한두 명쯤은 에블링과 연락이 닿지 않는 것을 불평해 왔다. 마침내 어쩔 수 없이 휴대전화를 장만한 에블링은 그 자리에서 바로 개통시켰다. 마음과는 달리 에블링도 아주 완벽한 휴대전화에 끌리긴 했다. 모양도 잘 빠지고 매끈하며 우아했다. 그런데 지금, 뜻밖에 전화벨이 울렸다.

에블링은 머뭇거리며 전화를 받았다.

어떤 여자가 라프인지 랄프인지 라우프인지 바꿔 달라고 했지만 에블링이 아는 이름이 아니었다.

에블링은 잘못 걸었다고 말했다. 여자는 미안하다며 전화를 끊었다.

두 번째 전화는 밤에 왔다.

"랄프! 자식, 어때? 잘되어 가나?" 쉰 목소리로 남자가 말했다.

"잘못 걸었소!"

에블링은 침대에서 일어나 앉았다. 이미 10시가 넘은 시각이어서 아내가 나무라듯 쳐다보았다.

남자가 미안하다고 했고 에블링은 휴대전화를 꺼 버렸다.

다음 날 아침, 메시지가 세 건 와 있었다. 에블링은 출근길 전차 안에서 메시지를 들었다. 어떤 여자가 낄낄 웃는 소리로 전화해 달라고 했다. 어떤 남자는 더 기다릴 수 없으니 당장 그쪽으로 오라고 소리 질렀다. 배경 소음으로 유리잔 부딪히는 소리와 음악이 들렸다. 마지막 메시지는 다시 그 여자였다.

"랄프, 도대체 어디 있는 거야?"

에블링은 한숨을 쉬며 고객 센터에 전화를 걸었다.

여직원이 따분한 목소리로 이상한 일이라고 말했다. 그런 일은 일어날 수 없다고 했다. 다른 사람이 사용하는 전화번호를 중복해서 받을 수는 없다면서, 안전장치가 겹겹으로 되어 있기 때문이라고 했다.

"근데 일어났잖소!"

여자는 아니라고 했다. 그런 일은 불가능하다고 했다.

"그럼 이제 어떻게 할 거요?"

여자는 자신도 모르겠다고 했다. 있을 수 없는 일이라고 했다.

에블링은 입을 벌렸다가 다시 다물었다. 다른 사람 같았으면 흥분해서 길길이 날뛰었을 거라는 것도 알았다. 하지만 에블링은 그런 성격이 아니었고, 그럴 재주도 없었다. 그래서 종료 버튼을 눌러 버렸다.

잠시 뒤에 다시 전화벨이 울렸다.

"랄프?" 어떤 남자가 물었다.

"아니오."

"뭐라고?"

"이 번호는…… 실수…… 전화 잘못 걸었소."

"이건 랄프 번호요!"

에블링은 전화를 끊고 휴대전화를 재킷 주머니 속에 집어넣었다. 전차는 다시 붐볐고 에블링은 오늘도 서서 가야 했다. 이쪽에서는 뚱뚱한 여자가 밀어 대고, 저쪽에서는 콧수염을 기른 남자가 원수를 보듯 에블링을 노려보았다. 에블링은 인생에서 마음에 안 드는 일이 많았다. 아내가 좀 멍한 것도, 한심한 책들을 읽는 것도, 요리 솜씨가 형편없는 것도 에블링을 괴롭혔다. 똑똑한 아들이 없는 것도, 딸이 낯설게 느껴지는 것도 마음에 안 들었다. 너무 얇은 벽 때문에 이웃집에서 코 고는 소리가 늘 들리는 것도 성가셨다. 러시아워 때 전차 타는 게 특히 괴로웠다. 늘 비좁고, 사람들로 붐비는 데다 좋은 냄새는 나 본 적이 없었다.

그러나 일만큼은 마음에 들었다. 에블링과 동료들은 전국 각지에서 판매 상인들이 보내온 고장 난 컴퓨터를 환한 램프 불빛 아래서 수리했다. 에블링은 이 작은 두뇌 박스가 얼마나 약한지, 얼마나 복잡하고 난해한지 잘 알았다. 컴퓨터를 완벽하게 이해하는 사람은 없다. 컴퓨터가 갑자기 다운되거나 오작동하는 이유를 제대로 아는 사람도 없다. 그래서 고장 원인은 찾을 생각도 않고 컴퓨터가 다시 작동할 때까지 그냥 부품들을 갈아 끼운다. 에블링은 이 세상에서 얼마나 많은 것들이 컴퓨터에 의존하는지 종종 생각해 본다. 그러면서 컴퓨터가 할 일을 정확히 수행해 내는 게 예외적인 일이고 반은 기적이라는 사실도 늘 잊지 않았다. 에블링은 밤에 반쯤 잠든 상태에서 비행기, 전자 장비로 조종되는 무기, 은행

컴퓨터 같은 걸 생각하면 때로 심장이 쿵쾅거릴 정도로 불안해졌다. 그러면 엘케가 짜증을 내며 도대체 왜 가만히 못 누워 있냐고 따져 물었다. 레미콘과 한 침대를 쓰는 게 낫겠다는 말에 에블링은 사과하면서 자신더러 너무 예민하다고 한 어머니의 말을 떠올렸다.

전차에서 내리자 전화벨이 울렸다. 엘케가 오늘 저녁 퇴근길에 오이를 사 오라고 말했다. 그쪽 슈퍼마켓에서 파는 오이가 요즘 특히 싸다고 했다.

에블링은 사 가겠다고 약속하며 얼른 전화를 끊었다. 전화가 다시 울리더니 어떤 여자가 충분히 생각한 일인지, 바보가 아니고서는 어떻게 자기 같은 여자를 버릴 수 있는지 물었다. 아니면 다른 생각이라도 있는 건지.

에블링은 더 생각해 보지도 않고 아니라고 말했다. 자기도 그렇게 생각한다고 했다.

"랄프!" 여자가 웃었다.

에블링의 심장이 쿵쾅쿵쾅 뛰고 목이 바싹 탔다. 에블링은 전화를 끊었다.

회사까지 가는 내내 에블링은 혼란스럽고 불안했다. 이 전화번호의 전 소유자가 에블링과 목소리가 비슷한 게 분명했다. 에블링은 다시 고객 센터에 전화했다.

여직원은 안 된다고 말했다. 다른 번호로 바꿔 줄 수 없으며, 그럴 경우 돈을 지불해야 한다고 했다.

"하지만 이 번호는 다른 사람 거란 말이오!"

그럴 리가 없다고 여직원이 대답했다. 왜냐하면······.

"안전장치가 있다는 건 나도 알아요! 하지만 계속 전화가 잘못 걸려 온단 말이오……. 난 기술자요. 전문 지식이 전혀 없는 사람들이 고객 센터에 계속 전화한다는 건 나도 압니다. 하지만 난 문외한이 아니오. 어떻게 하면……."

여직원은 어쩔 수 없다고 말했다. 이 건을 윗선에 보고하겠다고 했다.

"그럼 뭐죠? 그럼 어떻게 되는 거요?"

여직원은 두고 봐야 한다고 말했다. 그건 자기 담당이 아니라고 했다.

이날 오전, 에블링은 일에 전념할 수가 없었다. 손이 덜덜 떨렸고, 점심시간에는 비너슈니첼*이 나왔지만 배도 고프지 않았다. 구내식당에서 비너슈니첼이 나오는 경우가 흔치 않기 때문에 보통 때 같으면 벌써 하루 전부터 기대에 부풀었을 것이다. 그런데 이번에는 반쯤 남긴 그릇을 반납구에 갖다 놓고는 식당의 조용한 구석으로 가서 휴대전화를 켰다.

음성 메시지가 세 건 와 있었다. 발레 강습이 끝나면 데리러 와 달라는 딸의 메시지였다. 에블링은 딸이 발레를 배우는지 전혀 몰랐기 때문에 놀랐다. 어떤 남자가 전화 좀 해 달라고 메시지를 남겼다. 메시지만 듣고는 누구한테 보낸 건지 명확하지 않았다. 에블링한테 온 건지 아니면 다른 사람한테 갈 메시지인지. 그다음 메시지는 어떤 여자한테 온 것으로 왜 그렇게 만나기 힘드냐고 물었다.

---

* 오스트리아의 대표 음식으로, 송아지고기를 이용한 커틀릿.

그르렁거리는 깊은 목소리의 이 여자는 에블링이 모르는 사람이었다. 전화기를 막 끄려는데 다시 전화가 울렸다. 액정에 뜬 번호는 더하기 표시와 함께 숫자 22로 시작했다. 어느 나라의 국가 번호인지 알 수가 없었다. 에블링은 외국에 아는 사람이 거의 없었다. 스웨덴에 사촌이 한 명 있고 미니애폴리스에 사는 뚱뚱한 노부인이 전부였는데 이 노부인은 매년 크리스마스에 술잔을 든 채 웃고 있는 사진을 보내왔다.

'사랑하는 에블링을 위하여 건배.'

사진 뒷면에는 이렇게 적혀 있었다. 에블링도 엘케도 누구 친척인지 몰랐다. 에블링은 전화를 받았다.

"우리 다음 달에 만나는 거지?" 어떤 남자가 말했다. "로카르노 필름 페스티벌에 참석할 거지? 네가 없으면 일이 돌아가질 않으니까. 이런 상황에서는 말이야, 안 그래? 랄프?"

"참석할 거야." 에블링이 말했다.

"잘 생각했어. 그럴 줄 알았네. 데게텔* 사람들과는 이야기해 봤나?"

"아직."

"시간이 빠듯해! 로카르노는 우리한테 큰 도움이 될 거야. 3년 전 베네치아처럼 말이야." 남자가 웃었다. "다른 건 어때? 클라라는?"

"그저 그래." 에블링이 말했다.

---

* DG Tel. 독일의 통신회사.

"이 자식. 못 말리는 놈이군." 남자가 말했다.

"나도 그렇게 생각해." 에블링이 말했다.

"감기 걸렸어? 목소리가 이상해."

"지금…… 할 일이 좀 있어. 나중에 다시 전화할게."

"그럴 거 없어. 자넨 늘 그 모양이군."

남자는 전화를 끊었다. 에블링은 벽에 기대 이마를 문질렀다. 다시 정신을 차리기까지 잠시 시간이 걸렸다. 이곳은 구내식당이고 주변에는 동료들이 비너슈니첼을 먹고 있었다. 그때 로글러가 식판을 들고 지나갔다.

"안녕, 에블링." 로글러가 인사했다. "별일 없어?"

"그럼."

에블링은 휴대전화를 껐다.

오후 내내 에블링은 제정신이 아니었다. 판매 상인들이 보내온 애매모호한 고장 접수서에 '고객에 따르면 작동이 멈춰 리셋 키를 눌렀지만 아무것도 안 나온다고 함.'이라고 적혀 있었는데, 어떻게 수리할지, 컴퓨터의 어떤 부분이 고장 난 건지 오늘은 전혀 관심이 가지 않았다. 뭔가 고대하는 일이 있을 때처럼 그런 기분이 들었다.

에블링은 나중을 위해 그 기분을 아껴 두었다. 전차를 타고 집으로 오는 동안 휴대전화는 꺼져 있었고, 슈퍼마켓에서 오이를 살 때도 꺼진 채였고, 식탁 밑에서 서로 발을 차 대는 두 아이와 엘케와 저녁 식사를 하는 동안에도 휴대전화는 주머니 속에 얌전히 들어 있었지만 에블링은 휴대전화 생각에서 놓여날 수가 없었다.

에블링은 지하실로 내려갔다. 곰팡내가 나는 지하실 한쪽 구석에는 맥주 상자들이 쌓여 있고, 또 다른 구석에는 임시로 세워 둔 이케아 수납장이 놓여 있었다. 에블링은 휴대전화를 켰다. 메시지가 두 건 와 있었다. 음성 메시지를 막 확인하려는데 손 안의 전화기가 진동했다. 전화가 왔다.

"네?"

"랄프."

"네?"

"뭐하는 거야?" 여자가 웃었다. "나하고 놀자는 거야?"

"그런 짓은 절대 안 하지."

"유감인데!"

에블링의 손이 떨렸다. "당신 말이 맞아. 사실은 나도…… 당신과……."

"뭐?"

"……놀고 싶어."

"언제?"

에블링은 사방을 둘러보았다. 이 지하실만큼 에블링이 잘 아는 곳도 없었다. 이곳에 있는 물건은 모두 에블링이 직접 갖다 놓은 것들이었다.

"내일. 시간과 장소는 당신이 정해. 그리로 갈게."

"진심이야?"

"어서 정해 봐."

에블링은 여자가 깊이 숨을 들이쉬는 소리를 들었다.

"팡타그뤼엘에서 만나. 9시에. 예약은 당신이 해."

"그러지."

"당신이 생각해도 좀 이상하지?"

"누가 그래?" 에블링이 물었다.

여자는 웃더니 전화를 끊었다.

이날 밤, 에블링은 오랜만에 다시 아내의 몸을 만졌다. 아내는 일단 놀라더니 에블링에게 무슨 일이 있는지, 아니면 술에 취했는지 묻고 나서 몸을 내맡겼다. 일은 오래 걸리지 않았고, 에블링은 아래에 있는 엘케를 느끼는 동안 부적절한 짓을 하는 기분이었다. 엘케의 손이 에블링의 어깨를 톡톡 쳤다. 숨을 못 쉬겠다는 뜻이었다. 에블링은 미안하다고 말했지만 잠시 더 있다가 엘케한테서 몸을 떼며 옆으로 돌아누웠다. 엘케는 불을 켜더니 에블링을 나무라듯 쳐다본 뒤 욕실로 갔다.

에블링은 물론 팡타그뤼엘에 가지 않았다. 그날 온종일 휴대전화를 꺼 놓았고, 밤 9시에는 아들과 함께 텔레비전 앞에 앉아 독일 2. 분데스리가의 축구 경기를 보았다. 에블링은 전기가 통하듯 찌릿찌릿함을 느꼈다. 마치 도플갱어, 즉 다른 세계 속에 또 다른 자신이 있어 고급 레스토랑에 가서 키가 크고 멋진 여성을 만나고 있는 듯했다. 미모의 여성은 에블링의 말에 귀를 기울이며, 재기 발랄한 이야기에는 웃어 주고, 손을 이리저리 움직이다가 실수처럼 에블링의 손을 슬쩍 만지기도 한다.

전반전 경기가 끝나고 휴식 시간에 에블링은 지하실로 내려가 휴대전화를 켰다. 메시지가 온 게 없었다. 기다렸다. 전화도 걸려 오지 않았다. 30분이 지나고야 다시 전화를 끄고 침대로 갔다. 다시 축구에 관심 있는 척하기가 겸연쩍었다.

에블링은 잠이 오지 않아 자정을 살짝 넘긴 시각에 침대에서 일어나 맨발에 러닝셔츠 차림으로 더듬더듬 지하실로 내려갔다. 휴대전화를 켰다. 메시지가 네 건 와 있었다. 음성 메시지를 막 들으려는데 전화가 왔다.

"랄프." 어떤 남자가 말했다. "미안해, 이렇게 늦은 시각에……. 중요한 일이라서! 말자허는 모레 만나자고 고집하고 있어. 전체 프로젝트가 삐걱거리고 있어! 모르겐하임도 참석하겠대. 어떤 손실이 생길지 너도 알지!"

"상관없어." 에블링이 말했다.

"정신 나갔어?"

"두고 보면 알겠지."

"너 정말 미쳤구나!"

"모르겐하임이 허세 부리는 거야." 에블링이 말했다.

"제법 용기도 있네."

"그럼. 용기가 있지." 에블링이 말했다.

에블링이 음성 메시지를 들으려는데 다시 전화벨이 울렸다.

"어떻게 그런 짓을!" 여자의 목소리는 잠긴 데다 억눌려 있었다.

"당신은 몰라. 내가 얼마나 힘든 하루를 보냈는지." 에블링이 말했다.

"거짓말하지 마."

"왜 거짓말을 하겠어?"

"그 여자 때문이잖아! 그럼…… 두 사람…… 이제 다시 만나는 거야?"

에블링은 침묵했다.

"뭐라고 말 좀 해 봐!"

"바보같이 굴지 마!"

에블링은 지금까지 통화한 여자 중에서 어떤 여자를 말하는 건지 궁금해졌다. 랄프의 인생에 대해 더 알고 싶어졌다. 이제 에블링 인생의 일부가 되기도 했으니까. 랄프는 무슨 일을 할까, 직업이 무엇일까? 왜 누구는 모든 걸 갖고, 또 누구는 별로 가진 게 없는 걸까? 아주 많은 걸 가진 사람들도 있지만 전혀 못 가진 사람들도 있고, 이는 수입과는 상관없는 일이다.

"미안해." 여자가 조용히 말했다. "당신은…… 때로 너무 힘들어."

"나도 알아."

"하지만 당신 같은 사람은…… 다른 사람과는 달라."

"나도 다른 사람처럼 되고 싶어. 하지만 어떻게 해야 하는지 모르겠어." 에블링이 말했다.

"그럼 내일?"

"내일." 에블링이 말했다.

"이번에도 안 오면 끝장이야."

소리 없이 조용히 위층으로 올라가는 동안 에블링은 랄프라는 사람이 정말 존재할까 곰곰이 생각에 잠겼다. 갑자기 랄프가 실제로 존재한다는 사실이 믿기지 않았다. 랄프 일에 끼어들었으면서도 랄프에 대해 아무것도 모른다는 게. 랄프의 존재가 에블링을 위해 예전부터 결정되어 있었고, 어쩌면 두 사람의 운명이 우연히 뒤바뀐 건지도 모를 일이었다.

휴대전화가 다시 울렸다. 전화를 받은 에블링은 몇 마디 듣고 나서 소리를 질렀다.

"취소해!"

"뭐라고?" 깜짝 놀란 여자 목소리가 물었다. "그 사람이 일부러 온 데다, 우리가 이 회의를 오랫동안 준비한 건……."

"그 사람을 만나라는 이야기 못 들었어."

도대체 누구를 말하는 걸까? 에블링 자신도 무척 궁금했다.

"아니, 들었어!"

"두고 보면 알겠지." 한 번도 느껴 보지 못한 쾌감이 에블링을 감쌌다. "당신 생각이 정 그렇다면."

"물론이지!"

에블링은 도대체 무슨 말인지 묻고 싶은 유혹을 꾹 참아야 했다. 에블링은 자기가 질문하지 않는 한 어떤 말이든 해도 되지만 에블링이 뭔가 알아내려 들면 상대방이 금방 의심을 품는다는 걸 알아챘다. 특히 에블링이 마음에 들어 했던 목쉰 여자는 어제 통화하면서 에블링에게 랄프가 아니라고 대놓고 말했다. 단지 에블링이 3년 전 여름에 그 여자와 함께 갔던 곳이 안달루시아의 어느 지역인지 물었다는 게 이유였다. 그래서 에블링은 랄프에 대해 더 알아낼 수가 없었다. 한번은 에블링이 랄프 탄너가 나오는 새 영화의 플래카드 앞에 서 있다가 자신이 유명 배우의 전화번호를 쓰고 있으며, 일주일 동안 자신과 통화한 사람들이 그 배우의 친구, 동료, 연인들이라는 생각에 잠깐 머리가 어질했다. 가능한 일이었다. 탄녀와 에블링은 목소리가 비슷했다. 하지만 에블링은 곧 머리를 흔들고는 씩 웃으며 갈 길을 갔다. 어차피 오래가지 못할 일이었다. 에블링은 망상을 떨쳐 내고 조만간 실수를 바로잡아 전화를 잠잠하게 해 두어야 했다.

"아, 또 당신이군. 팡타그뤼엘에 갈 수 없게 됐어. 그 여자가 다시 왔어."

"카트야? 그러니까…… 카트야와 다시 만난다는 거야?"

에블링은 고개를 끄덕이며 그 이름을 종이에 적어 두었다. 에블링이 추측하기로 지금 통화하는 여자는 이름이 칼라인 것 같았지만, 그렇다고 보기에는 아직 증거가 충분하지 않았다. 유감스럽게도 이젠 아무도 전화를 걸고는 자신의 이름을 대지 않는다. 전화번호가 뜨기 때문에 전화 받는 상대방이 발신자를 이미 안다고 가정하기 때문이다.

"그건 용서 못 하겠는데."

"미안해."

"허튼소리. 미안해하지도 않으면서!"

"그런가." 에블링은 웃으면서 이케아 수납장의 옆면에 기댔다. "그럴지도 모르겠군. 카트야는 굉장하니까."

여자는 잠시 소리를 질렀다. 욕하고 협박하더니 울기도 했다. 하지만 이런 혼란을 야기한 건 랄프니까 에블링은 죄책감을 가질 필요가 없었다. 에블링은 쿵쾅거리는 가슴으로 여자의 말에 귀 기울였다. 흥분한 여자의 영혼을 이렇게 가까이서 느껴 보기는 처음이었다.

"정신 차려!" 에블링이 날카롭게 말했다. "그래 봤자 소용없다는 건 당신도 잘 알잖아!"

여자가 전화를 끊고 나자 에블링은 약간 현기증이 나서 잠시 그대로 서서 고요함에 귀를 기울였다. 마치 어디선가 칼라의 흐느낌 소리가 여전히 들리기라도 하듯이.

에블링은 부엌에서 엘케와 마주치자 깜짝 놀라서 그 자리에 멈춰 섰다. 한순간 엘케가 다른 존재, 또는 현실의 삶과는 전혀 관계없는 꿈속에서 나온 것처럼 느껴졌다. 이날 밤에도 에블링은 엘케를 품에 안았고 이번에도 엘케는 주저하며 몸을 맡겼는데, 관계를 갖는 동안 에블링은 걱정으로 어쩔 줄 몰라하는 칼라를 떠올렸다.

다음 날, 혼자 집에 있던 에블링은 처음으로 수신 번호 중 한 곳에 전화를 걸었다.

"나야. 잘 지내는지 궁금해서 걸었어."

"누구시죠?" 남자 목소리가 물었다.

"랄프!"

"어떤 랄프?"

에블링은 얼른 종료 버튼을 누른 뒤 이번에는 다른 번호로 다시 걸어 보았다.

"랄프, 세상에! 어제 너한테 전화하려고 했는데…… 내가…… 난……."

"천천히! 무슨 일이야?" 에블링은 수신자가 여자가 아니어서 실망했다.

"이대로는 안 되겠어."

"그럼 그만둬."

"빠져나갈 구멍이 없어."

"빠져나갈 구멍은 늘 있는 법이야."

에블링은 하품이 나왔다.

"랄프, 넌 내가…… 이젠 결론을 내야 한다고 생각해? 끝장을 봐야 한다고?"

에블링은 텔레비전 채널을 이리저리 돌렸다. 하지만 운이 없었다. 채널마다 민속 음악 아니면 널빤지로 작업하는 가구공이 나오거나 1980년대 드라마의 재방송뿐이었다. 따분한 오후 프로그램들이었다. 그런데 에블링이 어떻게 이런 걸 보고 있는 걸까? 지금 왜 회사가 아닌 집에 있는 걸까? 에블링도 몰랐다. 그냥 출근하는 걸 잊어버렸다는 게 가능한 일일까?

"그냥 통째로 삼켜 버릴래!"

"그래, 그렇게 해."

에블링은 탁자에 놓인 책을 집어 들었다. 미구엘 아우리스토스 블랑코스의 『자아를 찾아가는 길』이었다. 표지에 태양이 그려져 있었다. 엘케 책이었다. 에블링은 손도 대기 싫다는 듯 손끝으로 책을 치웠다.

"늘 모든 건 네가 다 차지하지, 랄프. 넌 모든 걸 가졌어. 언제나 이인자로 산다는 게 어떤 건지 넌 모를 거야. 늘 다수에 속하고, 세 번째에야 차례가 온다는 거. 넌 모를 거야!"

"맞아."

"정말 그렇게 하고 말겠어!"

에블링은 이 가엾은 남자가 다시 전화할까 봐 전화기를 꺼 두었다.

그날 밤, 에블링은 토끼 꿈을 꾸었다. 토끼들은 몸집이 컸고, 깜찍하게 생기지도 않았다. 울창한 관목 숲에서 나온 토끼들은 만화 영화에 나오는 귀여운 녀석보다는 더러운 넝마에 더 가까웠다. 이 토끼들은 반짝거리는 눈으로 에블링을 쳐다보았다. 뒤쪽 덤불에서 뭔가 쿵 소리가 나서 에블링이 깜짝 놀라 뒤돌아보는 바람에 모든 걸 망쳐 버렸다. 현실로 돌아왔고, 이젠 더 못 참겠다고 말하는 엘케 소리가 들렸다. 어떻게 저렇게 시끄럽게 숨을 쉴 수 있냐며 이젠 정말 자신만의 침실을 갖고 싶다고 했다.

다음 날부터 전화벨이 울리지 않았다. 에블링이 기다리며 귀 기울였지만 전화기는 울릴 생각도 하지 않았다. 그러다가 오후 두세 시경, 마침내 전화벨이 울렸지만 발신자는 에블링의 상사로 왜 이틀 동안 출근하지 않았는지, 무슨 문제가 있는지, 혹시 진단서를 잃어버렸는지 물었다. 에블링은 죄송하다고 말하며 아프다는 걸 확인시키듯 기침을 했다. 상사가 괜찮다고, 있을 수 있는 일이라고, 흥분할 것 없다고, 에블링은 유능한 직원이며 유익한 사람이라는 걸 안다고 하자 에블링은 화가 나서 눈물이 솟구쳤다.

다음 날, 에블링은 컴퓨터 세 대를 사보타주해서 정확히 한 달 뒤에 모든 자료가 삭제되도록 해 놓았다. 전화벨은 울리지 않았다.

에블링은 몇 번이나 수신 번호 중에 아무 데나 걸어 볼 뻔했다. 엄지를 버튼에 올려놓고는 한순간이면 그중 한 목소리를 다시 들을 수 있다는 생각을 했다. 좀 더 용기가 있었더라면 버튼을 눌렀을 텐데. 아니면 어딘가 불을 질렀던가. 아니면 칼라를 찾으러 갔던가.

아무튼 점심 식사로 비너슈니첼이 나왔다. 8일 동안 두 번씩이나. 드물게 운 좋은 경우였다. 에블링의 맞은편에는 로글러가 앉아 열심히 씹어 대고 있었다.

"새로 나온 E14 말이야." 로글러가 입안 가득 음식을 씹으며 말했다. "미칠 지경이야. 전혀 작동이 안 돼. 그걸 산 사람들이 잘못이지."

에블링은 고개를 끄덕였다.

"하지만 어쩌겠어?" 로글러가 큰 소리로 말했다. "신제품이니. 나도 갖고 싶어! 그거 말고는 없잖아."

"맞아. 그거 말고는 없지." 에블링이 말했다.

"어이. 휴대전화 그만 좀 쳐다봐." 로글러가 말했다.

에블링은 움찔하며 전화기를 얼른 주머니에 넣었다.

"얼마 전까지만 해도 휴대전화는 필요 없다더니 이젠 아예 손에서 놓지를 못하네. 그리고 긴장 풀어. 그렇게까지 다급한 일은 없으니까." 로글러가 잠시 주춤했다. 그러고는 씹던 음식을 꿀꺽 삼키더니 슈니첼 한 조각을 입에 넣었다. "내 말 오해하지 말고 들어. 근데 전화 올 데는 있어?"

위험 속에서

"주인공 없는 소설! 이해가 돼? 구성, 관계, 다 있는데 주인공이 없어. 계속 등장하는 영웅이 없다고."

"흥미로운데." 엘리자베스가 피곤하게 말했다.

남자는 시계를 쳐다보았다.

"왜 또 이렇게 늦는 거야? 어제도 이렇더니, 도대체 뭐 하는 거야? 왜 자꾸 이런 일이 생기는 거지?"

"그럴 수도 있지."

"저기 봐. 저기 저 남자는 다리가 둘 달린 개처럼 생겼어! 도대체 왜 늦는 거야? 한 번쯤이라도, 시험 삼아서, 그냥이라도 '정각에' 이륙하지 못하는 이유가 뭐냐고?"

엘리자베스는 한숨을 내쉬었다. 대합실에 모인 사람은 200명이 넘었다. 자는 사람들이 많았고 몇몇은 인쇄가 조잡한 신문을 읽었다. 벽에 걸린 초상화에는 수염 난 정치가가 알록달록한 깃발 아래 웃고 있었다. 매점에는 잡지, 범죄 소설, 미구엘 아우리스토스 블랑코스가 쓴 자기 계발서, 담배가 진열되어 있었다.

"이 비행기들이 안전하다고 생각해? 내 말은, 유럽인들이 팔아치운 낡은 비행기들이잖아. 유럽에서는 이제 운행할 수 없는 비행기들일걸. 이건 비밀도 아니잖아, 안 그래?"

"아냐."

"뭐라고?"

"비밀이 아니라고."

레오는 이마를 문질렀다. 헛기침을 하고, 입을 벌렸다가 다물고, 요란하게 코를 풀었다. 그러더니 축축해진 눈으로 엘리자베스를 쳐다보며 물었다.

"농담이지?"

엘리자베스는 대답하지 않았다.

"그 사람들은 이런 사실을 나한테 미리 말했어야지, 나를 초대하지 말았어야지. 내 말은, 규정이란 게 없어? 안전하지 않으면 나를 초대하지 말았어야지! 저기 저 여자 봤어? 방금 뭘 적더라고. 왜? 뭘 적는 거야? 근데 당신, 그냥 농담한 거지? 이 비행기들이 진짜 위험한 건 아니지?"

"아냐, 아냐. 걱정하지 마." 엘리자베스가 말했다.

"나를 안심시키려고 그냥 하는 소리잖아!"

엘리자베스는 눈을 감았다.

"그럴 줄 알았어. 그냥 딱 봐도 알겠어. 저기 좀 봐! 이게 소설이라면 우린 이쪽 무리에 속할 테고, 우리를 놔두고 이륙할 거야. 그럼 무슨 일이 일어날지 알 게 뭐람!"

"무슨 일이 일어나겠어? 그럼 다음 비행기를 타겠지."

"다음 비행기가 있다면 말이지!"

엘리자베스는 입을 다물었다. 엘리자베스는 좀 자고 싶었다. 아직 이른 시각이었지만, 엘리자베스는 레오가 착륙 후에나 잠을 허락하리라는 걸 알았다. 비행하는 내내 엘리자베스는 비행이 아주 안전하며 추락을 두려워할 필요가 없다고 설명해야 할 것이다. 그다음에는 짐을 챙겨야 하고, 호텔에서 안내 데스크 직원과 이야기하고 어린애 같은 식습관을 가진 레오 입맛에 맞는 룸서비스를 주문하는 일도 엘리자베스 몫이었다. 늦은 오후에는 강연회를 위해 누가 데리러 올 경우에 대비해 레오를 준비시키는 일도 착오 없이 해내야 했다.

"이제 시작되는 모양이야!" 레오가 소리쳤다.

홀 출구 앞쪽의 한 젊은 여성이 카운터 앞으로 다가와 섰다. 몇몇 사람들이 자리에서 일어서 짐을 챙겨 그쪽으로 끌고 갔다.

"시간이 좀 있어." 엘리자베스가 말했다.

"비행기 놓치겠어!"

"이제 시작이야. 30분 정도 걸릴 거야."

"우리를 놔두고 갈 거야!"

"도대체 왜 우리를……."

하지만 레오는 벌써 자리에서 벌떡 일어서 줄을 섰다. 엘리자베스는 팔짱을 낀 채 천천히 앞으로 나아가는 레오의 날씬한 형체를 지켜보았다. 마침내 차례가 되자 레오는 탑승권을 보여 준 뒤 비행기를 향해 회랑으로 사라졌다. 엘리자베스는 기다렸다. 15분, 20분, 30분이 지났고, 승객들은 여전히 수속을 밟았다. 승객들 줄이 끝나자 엘리자베스가 자리에서 일어섰고 잠시 뒤에 비행기에 올라탔다. 엘리자베스는 중간 통로로 들어가 레오 옆에 앉았다.

"나한테 그러면 안 되지! 당신이 안 오는 줄 알았잖아. 어떻게 출발을 막을지 고민해 봤지만 여긴 날 이해해 주는 사람이 없어. 누구에게도 설명할 수가 없었어."

엘리자베스는 미안하다고 사과했다.

"아니, 정말이야. 모든 게 너무 힘들어. 이제 더는…… 저 앞의 두 어린아이 봤어? 정말 대단해. 특히 저 작은 여자아이 말이야. 눈이 푸른 애! 아이들끼리만 비행기를 탔어. 부모도 없이 말이야."

"인상적인데." 엘리자베스가 말했다.

레오는 엘리자베스를 한참 쳐다보았다. "나, 성가시지?"

그러더니 다시 물었다. "안 그래?"

"글쎄."

"참고 보기 힘든 사람이지!"

엘리자베스는 고개를 흔들었다.

"당신이 집에 가고 싶다고 해도 이해해. 그럼 물론 나도 집으로 갈 거야. 당신 없이는 난 한시도 견디지 못해. 어차피 모든 게 실수였어. 절대 수락하지 말았어야 했어. 바보같이. 집에 돌아갈까? 당장?"

"제발. 15분만. 조용히 있어 줘."

레오는 입을 다물었다. 정말로 레오는 마음을 다잡았고, 비행기가 굴러 이륙하고 하늘로 솟아오르는 10분 동안 한마디도 하지 않는 데 성공했다.

두 사람이 서로 알게 된 건 6주 전, 몹시 따분했던 어느 파티에서였다. 엘리자베스는 레오와 잠깐 이야기를 나누고 나서야 계속 손가락을 주무르며 자꾸만 구석 자리로 눈길을 돌리는 이 특이하고 재기 발랄한 남자가 다름 아닌 레오 리히터라는 사실을 깨달았다. 약간 기교는 부족하지만 예기치 못한 술수와 풍부한 영상을 그려 내는 교활한 단편 소설 작가. 당시 엘리자베스는 여의사 라라 가스파드가 나오는 레오의 소설을 불과 얼마 전에 읽었고, 스위스 안락사 센터로 떠나는 노부인의 여행을 다룬 레오의 가장 유명한 소설도 당연히 알고 있었다. 다음 날 두 사람은 다시 만났고, 바로 그날 밤에 엘리자베스는 검소하게 꾸민 레오의 집에 함께 갔다. 놀랍게도 레오는 미처 예상치 못한 태도로 엘리자베스를 침대로 이끌었다. 엘리자베스는 레오의 등을 손톱으로 긁었고, 두 눈을 안쪽으로 굴리며 레오의 어깨를 깨물었다. 꽤나 힘든 몇 시간을 보낸 뒤 이른 새벽에 집으로 돌아가는 길에 엘리자베스는 레오를 다시 만나고 싶다고, 자신의 인생에 레오를 위한 자리가 있을지도 모른다고 생각했다.

그 이후로 엘리자베스는 레오의 면면을 알아 갔다. 발작처럼 찾아오는 불안과 걱정, 때로 느닷없이 엄습해 오는 희열, 집중의 단계까지. 레오는 집중하면 자신 안에 파묻혀 사라져 버린 듯했고, 엘리자베스가 말을 걸기라도 하면 레오는 엘리자베스가 왜 옆에 있는지 모르겠다는 눈길로 쳐다보았다.

레오 역시 엘리자베스의 직업에 매료되었다. '국경 없는 의사회' 활동을 위해 투입될 때 정말 낙하산을 타고 내려갈까? '진짜' 낙하산을 타고? 그것도 전쟁 지역에?

이런 이야기가 나올 때쯤 되면 엘리자베스는 늘 화제를 바꿨다. 호기심이 레오의 존재와 직업을 규정짓는 특성이란 건 알지만 엘리자베스에게도 말하고 싶지 않은 부분이 있었다. 직접 경험하지 못한 사람에게는 상투적인 말이나 잡담처럼 들릴 게 틀림없었다. 실제 상황을 묘사하기에는 표현이 부족했다. 제대로 마취하지 않은 상태에서 다리를 절단한 남자를 헬리콥터에 태우기 위해 열기로 가물거리는 들판 위로 질질 끌고 왔지만, 대기 중인 헬리콥터를 불과 몇 미터 앞두고 남자를 잃고, 그래서 모든 것이 물거품이 되는 게 어떤 기분인지. 돌아가는 길에는 최근 일들을 기억 속에서 잃어버려, 기억에 빈자리가 생긴 걸 깨닫는 게 어떤 건지. 마치 지나온 경험들이 너무 격렬하고 낯설어서 현실 세계에 완전히 속하지도 못하고 기억되는 것을 거부하기라도 하듯. 이를 엘리자베스는 어떻게 설명할 수 있을까? 아무것도 경험하지 못한 사람은 말하는 걸 즐기지만, 많은 걸 경험한 사람은 느닷없이 할 말이 없어지는 법이라고 몇 년 전에 어느 노의사가 말했다. 하지만 엘리자베스는 레오가 상당 부분 추측하고 있다는 걸 알았다. 엘리자베스는 레오 작품의 여주인공인 라라 가스파르와 직업이 같고, 나이도 같고, 외모 묘사가 별로 나오지 않긴 해도 생김새까지 비슷했다. 그 때문에 레오가 엘리자베스에게 관심을 보이는 게 틀림없었다. 엘리자베스는 레오가 거의 학문적인 관찰력으로 자신을 주시하며, 그러면서 마음속으로 메모라도 하는지 입술을 달싹거린다는 걸 알아차렸다.

몇 주 전에 레오는 마인츠 학회에서 강연을 했는데, 문화가 사멸되고 있지만 이는 그리 유감스러운 일이 아니며 학문과 전통의 부담이 없는 편이 인류에게 더 좋을 수도 있다는 내용이었다. 이제는 영원한 현재 속에서 영상, 리드미컬한 소음, 신비한 깨달음의 시대라는 것이다. 기술의 힘을 통해 현실이 되어 버린 종교적 이상이라고나 할까. 레오가 진지하게 아니면 반어적으로 한 말인지, 레오가 허무주의자인지 아니면 보수주의자인지 아무도 정확히 몰랐지만, 어쨌든 이 강의로 인해 글이 발표되고, 온갖 답장을 보내고, 전세계의 독일 문화원에서 레오를 강연 여행에 초대했다. 레오는 중앙 아메리카의 순회 여행을 즉흥적으로 승낙했고, 엘리자베스에게 함께 가겠는지 물었을 때 엘리자베스는 놀랍게도 생각해 볼 것도 없이 바로 승낙했다.

착륙 직전, 레오는 불안한 잠에 빠져들었다. 엘리자베스는 곧 벌어질 일에 겁부터 났다. 바로 지난번 체류지에서 레오는 모직 재킷 차림의 여성 문화원 원장에게 이미 공항에서부터 거부감을 보였다. 자동차에서 엘리자베스 옆자리에 앉은 레오는 입을 꽉 다문 채 말 한마디 없었고 경찰 검문이 있자 엘리자베스의 손을 잡기까지 했다. 당연히 별일 없었고, 경찰이 계속 진행하라고 얼른 손을 흔들었지만 호텔에 도착했을 때 레오는 완전히 겁에 질려 땀에 절어 있었다. 그날 오후 내내 레오는 호텔 2인용 객실에 갇혀 지내다가 저녁에는 조명이 어두운 강당에서 독일인 스물일곱 명을 앞에 놓고 강연을 했다. 강연이 끝나자 문화원 원장은 시내에 단 하나뿐인 피자 식당에 가야 한다고 고집을 피웠고, 식당에서는 레오에게 어디서 아이디어를 얻는지, 글은 아침에 또는 오후에 쓰는지 물었다. 그날 밤, 레오는 날밤을 새다시피 하면서 한탄했고, 방 안을 왔다 갔다 하면서 자신의 운명을 저주했고, 결국 두 사람은 열정 때문이라기보다는 절망 때문에 서로 몸을 휘감고 침대에 쓰러졌다. 새벽 5시에 엘리자베스의 휴대전화가 울리면서 엘리자베스의 가까운 세 동료가 아프리카에서 납치되었다는 소식을 전해 주었다.

"봤어?"

레오가 잠에서 깼다. 레오는 엘리자베스의 어깨를 톡톡 두드리며 비행기 창밖으로 내다보이는 풍경을 가리켰다.

"거대한 전시품 같아. 전구가 수백 개 박힌 금속판처럼 보여. 어쩌면 우린 날고 있는 게 아닐지도 몰라. 우리가 여기 있는 게 아닐지도 몰라. 모든 게 속임수일 수도 있어. 그건 그렇고, 아무도 마중 나와 있지 않으면 어떡하지? 그런 느낌이 들어. 내 느낌은 보통 잘 맞거든. 두고 봐."

이들을 기다리고 있던 문화원 직원은 이름이 라펜질히라는 여자로 모직 재킷 차림에 돌출된 치아를 지녔다. 라펜질히는 레오를 보자 얼른 어디에서 아이디어를 얻는지부터 물었다. 엘리자베스는 휴대전화로 소식을 확인했다. 엘리자베스는 두려움으로 기분이 멍해졌다.

일행은 자동차를 탔고, 창밖으로는 부드러운 오전 햇살 속에서 정육면체 모양의 조그마한 집들이 지나갔다. 간판들, 그 아래에는 과일 바구니를 든 나이 든 여자들, 하늘에는 저 먼 공장에서 뿜어져 나오는 누런 연기가 보였다.

엘리자베스는 호텔에서 제네바 센터에 전화를 걸었다. 제네바는 지금 자정이 훨씬 넘은 시각이었지만 아직 사무실에 남아 있던 동료 모리츠는 상황을 전망하기 어렵다고 말했다. 유엔도 도움이 되지 못하고 정부 개입을 기대할 수밖에 없다고 모리츠가 말했다.

2년 전에 엘리자베스가 그곳에 있었을 때 어느 사무 차관과 개인적으로 친분이 있지 않았었냐고 모리츠가 물었다.

"응." 엘리자베스의 목소리가 욕실의 타일 벽에 반사되어 울렸다. "최악의 남자였지."

"최악이든 아니든, 지금 상황으로 볼 때 당신이 우리한테 있는 유일한 연락책이야."

엘리자베스가 방으로 돌아갔더니 레오가 침대에 앉아 비난이 가득한 눈길로 엘리자베스를 쳐다보았다. 이 라펜질히라는 여자란! 그 치아는 또 어떻고! 오늘 밤에 또 강단에 서야 하다니, 레오는 더는 못 하겠다고 했다! 레오는 텔레비전을 켰다. 행군하는 군인들이 나오더니 어느 정치가의 얼굴이 나왔고, 다시 군인들 모습이 나왔다. 레오는 고개를 흔들며 이런 광경이 주는 형이상학적 충격에 대해 강의를 시작했다. 갇힌 기분이 들며, 이 대륙은 요상한 지옥이며, 다시 버려질지도 모른다는 의심이 본능적으로 든다고 했다. 이런 곳에 자발적으로 오는 건 미친 짓이 틀림없다고 했다.

"저거 봐, 군인들의 행군에 발이 안 맞아. 발을 맞추지를 못해! 그 여자 치아 봤어?"

"누구 치아?"

"라펜질히 여사 말이야!"

엘리자베스는 전화를 걸기 위해 다시 욕실로 갔다. 레오가 알아서는 안 되며, 비밀로 해 두어야 할 일이었다. 레오가 무심코 떠벌릴지 누가 알겠는가. 엘리자베스는 몇 년 전에 불쾌한 상황에서 알게 된 어느 아프리카 사무 차관의 동료에게 전화를 걸었다. 통화가 연결되기까지 엘리자베스는 여섯 번이나 전화를 걸어야 했다. 낯선 착신음이 들렸고 통화 상태도 안 좋았다. 남자는 어떻게 되는지 두고 보자고 했다. 엘리자베스는 과도하게 감사를 표한 뒤 전화를 끊고는 바닥에 누워 몸부림 치고 싶은 욕구와 맞서 싸워야 했다. 배가 아팠고 머리는 두통으로 콕콕 쑤셨다.

엘리자베스가 다시 방으로 돌아와 보니 레오는 호텔 전화기를 들고 누군가에게 소리치고 있었다.

"이럴 수는 없어. 날 이렇게 대접하다니! 말도 안 돼!"

레오는 수화기를 집어 던지더니 엘리자베스 쪽으로 돌아서며 승리감에 차서 말했다.

"뢰브리히!"

엘리자베스는 뢰브리히가 누군지 몰랐다. 하지만 레오가 이름을 말하는 방식을 보니 문학계에서 중요한 인물인 것 같았다.

"그 상 말이야. 그 상을 내게 수여하겠다고 반은 약속해 놓고는 이제 와서 갑자기 철회하겠대. 엘드리히가 축사자로 나서는 걸 내가 단지 싫어한다는 이유로 말이야. 그렇게는 안 되지. 렌케나 뢰어잠에게는 그렇게 할 수 있을지 몰라도 나한테는…… 하늘 좀 봐! 태양이 매연 위에서 빛나고 있어. 마치 매연이 더럽지 않고 뭔가 아름다운 물체인 양. 역광에서는 모든 게 아름다워. 어쨌든 난 그 사람한테 집어치우라고 했어. 내년에 날 심사 위원으로 쓰고 싶다면 내 규칙에 따라야지!"

엘리자베스는 침대에 털썩 누웠다. 엘리자베스는 지난해에 카를, 헨리, 파울과 함께 소말리아에 있었다. 마지막 날, 카를은 이 일을 오래는 못 하겠다고 했다. 신경이 견뎌 내질 못하며 정신적으로도 안 좋다고 했다. 그런데 지금, 이 세 사람에게 무슨 일이 벌어지고 있는 걸까? 빛 한줄기 들어오지 않는 방에서, 이 세상에서 당연시되는 모든 것들이 차단된 채? 엘리자베스는 꼼짝도 않고 누워 있다가 돌연 네 명의 경찰관과 대화에 말려들었고, 경찰관들은 어찌 된 영문인지 한 명의 동일 인물로 합쳐졌다. 엘리자베스가 자신의 유년 시절에 관해 세세한 질문을 하고, 아주 어려운 산수 문제를 냈지만 경찰의 대답은 틀려서는 안 되었다. 틀린 대답을 할 때마다 누군가 죽어야 했기 때문이었다. 엘리자베스의 어깨에 손이 하나 얹히는 바람에 엘리자베스는 비명을 지르며 벌떡 일어났다.

"당신이 밤에 악몽을 꾸는 건 알았어. 그런데 이젠 오후까지? 당신, 어린아이처럼 흐느껴 울었어."

엘리자베스는 아무 기억도 안 난다고 말했다. 레오가 엘리자베스를 주의 깊게 살피자 엘리자베스는 레오의 눈길을 피하기 위해 욕실로 가서 샤워했다. 따뜻한 물을 머리로 받으며 엘리자베스는 카를, 헨리, 파울을 생각하지 않으려 애썼다. 어쨌든 이들은 성인이었고 자기 의지에 따라 위험을 무릅쓰며, 인생의 올바른 길을 찾아 나선 이 남자들은 좀 남다른…… 그렇다, 이들은 자신을 스스로 돌볼 줄 아는 남자들이었다.

라펜질히 여사가 마중 나왔다. 문화원으로 가는 길에 라펜질히 여사는 노상강도와 습격에 대해 이야기했다. 이곳은 아주 위험한 도시라고 했다. 흥분한 레오는 공책을 꺼내 들었다.

문화원에는 독일인 서른두 명이 기다리고 있었다. 레오는 연단으로 향했고, 늘 그렇듯 이번에도 레오는 중압감과 의기소침함을 떨쳐 냈다. 레오는 몸을 꼿꼿하게 편 채 문화와 미개함, 소음, 피, 위험에 관해 훌륭한 연설을 했다. 엘리자베스는 레오가 원고를 안 보고 강의하는 걸 알아챘다. 최근 며칠이 레오에게 영감을 준 것이다. 레오의 말은 즉흥적으로 내뱉을 때조차 완벽했고, 레오의 주변에는 에너지가 집중되어 있어서 다른 곳으로 시선을 돌릴 수가 없었다. 그때 엘리자베스의 휴대전화가 진동하는 바람에 엘리자베스는 얼른 복도로 나와야 했다.

사무 차관의 직원은 사무 차관님께서 대화를 기피하는 건 아니라고 말했다. 더 자세한 내용은 내일 알려 주겠다고 했다. 엘리자베스는 비굴하게 감사를 표한 뒤 모리츠에게 전화했다. 모리츠 말로는 외무부가 개입하고 있지만 정치가한테는 아무것도 기대할 게 없으며 이 지역에서의 독일 정보국 활동도 미비하다고 했다. 혼자서 해내야 한다고 했다.

엘리자베스가 돌아와 보니 레오의 강연은 막 끝났고 사람들은 박수를 쳤다. 레오는 책 여남은 권에 사인한 뒤 어디에서 아이디어를 얻느냐는 질문에 세 번이나 대답했다. 라펜질히 여사가 갑자기 아주 긴장하더니 얼굴이 새빨개지면서 당장 출발하자고 재촉했다. 총영사님이 기다리고 계시며 리셉션이 벌써 시작됐다는 것이다!

"왜 자꾸 묻는 거지?" 레오가 차 안에서 속삭였다. "아이디어를 어디에서 얻는지 말이야. 도대체 무슨 질문이 그래? 뭐라고 말해야 하는 거야?"

"뭐라고 대답하는데?"

"욕조."

"뭐라고?"

"모든 아이디어를 욕조에서 얻는다고 말해. 그걸로 충분해. 그 말을 들으면 좋아하거든. 저기 좀 봐. 랄프 탄너 플래카드야. 저 플래카드는 정말 어디 가나 있군. 지구 반대편에 와도 피해 갈 수가 없다니. 저 친구는 작년에 알게 되었지. 굉장한 녀석이야! 근데 저기 무슨 일이지?"

레오는 몸을 숙이며 라펜질히 여사의 어깨를 톡톡 쳤다.

"저게 뭐죠? 보이세요? 누가 차에 치였나요?"

라펜질히 여사가 고개를 돌렸을 때는 차가 이미 그곳을 지나쳤고 사람들 무리는 이제 보이지 않았다. 그럴 가능성이 있다고 라펜질히가 말했다. 종종 있는 일이라고.

레오는 공책에 뭔가 적었다.

영사관은 흔들리는 도시 불빛들 위로 높은 언덕에 있었다. 하늘은 어둡고 낮았으며 별 하나 보이지 않았다. 유니폼을 입은 남자들이 작은 쟁반을 들고 왔다 갔다 했고, 여기저기 독일인들이 서 있었다. 꼿꼿하고 진지하게, 잔을 든 채 경직되고 긴장한 얼굴로. 순식간에 남자 다섯이 레오를 에워쌌다. 엘리자베스는 레오의 눈길이 자신을 찾는 걸 보았다. 레오의 눈은 분노로 이글거렸다. 파괴적인 힘이 레오한테서 뿜어져 나오는 것 같았는데, 어찌나 강렬한지 이곳에 모인 사람들 모두 알아차렸을 게 틀림없었다.

"욕조에서 얻습니다. 내게 떠오르는 모든 아이디어 말입니다. 언제나." 레오가 말했다.

비쩍 마른 남자가 엘리자베스의 길을 가로막더니 손을 내밀며 말했다.

"반갑습니다. 스튀켄브로크입니다."

남자가 자기소개를 한다는 걸 알아차리기까지 엘리자베스는 잠시 시간이 필요했다. 또 다른 남자가 다가와 말했다. "반갑습니다. 베커라고 합니다!"

세 번째 남자가 말했다. "자이퍼트입니다. 만네스만 대리점을 운영하고 있지요."

그러더니 남자는 레오의 최신작을 베브라에서 도르트문트로 가는 기차 안에서 읽었다고 엘리자베스에게 장황하게 설명했다. 흥미롭지 않은지?

"그렇군요."

엘리자베스는 말하면서도 남자의 얼굴에 아이러니나 재치, 아니면 뭐라도 나타나 있는지 살펴보았다.

스튀켄브로크는 남편이 어디에서 아이디어를 얻는지 물었다.

"누구요? 아, 네. 아뇨, 그러니까 레오는 내 남편이…… 욕조에서요."

"아하!" 베커가 말했다.

세 남자 모두 몸을 숙였다.

"레오는 아이디어를 늘 그곳에서 얻죠. 언제나 욕조에서." 엘리자베스가 말했다.

"특이하군요." 자이퍼트가 말했다.

"이 도시는 처음이세요?" 베커가 물었다.

엘리자베스는 고개를 끄덕였다.

대화는 중단되었다. 세 남자는 엘리자베스를 둘러싼 채 말이 없었다. 속이 뒤틀린 것처럼, 자신에게 갇힌 것처럼 뻣뻣해진 엘리자베스는 운명의 장난으로 추악한 자신의 집에서 멀리 떨어진 추악한 장소에 잘못 와 있는 기분이었다. 엘리자베스는 입을 벌렸다가 다물었는데 할 말이 떠오르지 않았다. 엘리자베스는 마치 세탁기와 대화하는 기분이었다. 소화전이나 로봇처럼 공통 언어가 없는 사물과 말하는 기분이었다. 그때 엘리자베스의 휴대전화가 울렸다. 며칠 만에 처음으로 전화벨 소리에 안도감이 느껴졌다. 엘리자베스는 실례한다는 동작을 취하며 밖으로 뛰어나왔다.

발신자는 용케 엘리자베스의 전화번호를 알아낸 기자로, 납치 건이 사실인지 알고 싶어 했다.

엘리자베스는 논평을 거부하면서도 내일까지 기다리면 무슨 소식이 있을지도 모른다고 말했다.

기자는 그게 전부냐고 적대적으로 물었다. 그거 말고 다른 소식은 없느냐고?

당분간은 없다고 엘리자베스가 말했다. 유감스럽지만!

호텔방에 돌아오자 레오는 당장 불평을 늘어놓기 시작했다. 저런 작자들이 있나! 왜 모두들 저렇게 멍청할까?

"평탄하게 산 인생들이 아냐. 원하는 경력을 쌓은 사람이 없어. 이곳이 좋아서 있는 사람도 없고. 그 사람들이 이곳에 좋아서 있는 것 같아?" 엘리자베스가 말했다.

엘리자베스는 창밖을 내다보았다. 맞은편 고층 건물에 걸린 랄프 탄너의 플래카드가 눈에 들어왔는데 사진을 어찌나 크게 확대했던지 사람 같지가 않아 보일 정도였다. 엘리자베스는 최근에 어디에선가 읽었던 스캔들을 떠올렸다. 어느 호텔 로비에서 한 여자가 탄너에게 소리를 지르고 따귀를 때렸다는 내용이었다. 많은 관광객들이 이 장면을 찍었고 현재 동영상이 유튜브에 올라가 있었다. 만약 카를, 헨리, 파울이 총살이나 참수형을 당하거나, 돌에 맞아 죽거나 산 채로 화형당한다면 이 장면을 볼 수 있는 기회도 제법 있는 셈이다.

"더는 못 하겠어! 어디에서 아이디어를 얻는가 하는 질문을 오늘 몇 번이나 받았는지 알아? 열네 번이야. 그다음으로는 글을 오전 아니면 오후에 쓰는지 묻는 질문을 아홉 번 받았어. 어떤 여행길에서 내 작품을 읽었는지 설명만 여덟 번 들었다고. 음식도 형편없었어. 다음 달에는 중앙아시아에 가야 한대. 난 못 하겠어. 취소할 거야." 레오가 말했다.

"중앙아시아 어디로 가야 한대?"

"투르크메니스탄이라지 아마. 아니, 우즈베키스탄이던가. 알 게 뭐람! 작가 순회 여행이라나."

"도대체 왜 동의한 거야?" 엘리자베스가 망연자실해서 물었다.

레오는 어깨를 으쓱했다. "세상을 봐야 하니까. 문제 제기도 하고. 위험을 피해 가면 안 되지."

"위험이라고?"

레오는 고개를 끄덕였다.

물론 아주 강력한 반응이었다. 잠시 시간이 흐르자 엘리자베스는 두 사람에게 닥친 일을 스스로 물어보았다. 무엇보다 두 사람은 아직 싸운 적이 없었다. 하지만 이제 엘리자베스는 더는 자신을 다스릴 수가 없었다. 레오는 무슨 착각을 저리도 한단 말인가. 레오는 평생 위험에 처한 적이 없었다. 남의 도움 없이는 신발 끈을 매지도 못했고, 거미와 비행기 여행을 무서워했으며, 열차가 연착이라도 하면 부당한 대접을 받는다고 느꼈다! 관료주의자들한테 둘러싸여 자동차로 시내를 돌아다니는 건 위험한 일이 아니었다. 농담이겠지, 엘리자베스는 이렇게 말하며 더는 불평불만을 참고 있을 수가 없다고 했다!

레오는 한마디 말도 없이 팔짱을 낀 채 엘리자베스를 주의 깊게, 거의 호기심 어린 눈으로 쳐다보았다. 엘리자베스는 목소리가 안 나오자 그제야 말을 중단했다. 엘리자베스의 분노가 사라졌다. 엘리자베스는 가방을 찾아 주변을 두리번거렸다. 이 정도면 됐고 엘리자베스는 이제 떠날 생각이었다. 끝이었다.

"바로 그거야!" 레오가 말했다.

"뭐라고?"

"그럼 되겠네. 두 사람이 함께 길을 떠나는 거야. 여자는 책임감이 강하고, 남자는 감상적이며 참기 힘든 인물이지. 라라 가스파르와 그녀의 새 애인. 화가. 하지만……."

레오는 잠시 침묵하더니 내면의 소리에 귀 기울이는 것 같았다. "하지만 여자는 남자가 천재라는 걸 알아. 약점이 많긴 해도 말이야."

레오는 조그마한 호텔 책상에 앉더니 끼적이기 시작했다.

엘리자베스는 기다렸지만 레오가 자신을 잊은 게 분명했다. 엘리자베스는 침대에 누워 이불을 뒤집어쓴 뒤 잠시 후에 잠이 들었다.

엘리자베스가 깨어나 보니, 책상에 다시 가서 앉은 건지 아니면 내내 앉아 있었는지 모르겠지만 아무튼 레오는 책상에 앉아 있었다. 창백한 아침 햇살이 창문으로 쏟아져 들어왔다. 엘리자베스는 이날 밤에도 사랑을 나눈 기억이 어렴풋이 났다. 레오가 침대로 다가와 엘리자베스의 등을 뒤집자, 두 사람은 어둑어둑한 이불 속에서 기진맥진했고, 독특한 분노로 하나가 되었다. 아니면 엘리자베스가 꿈을 꾼 걸까? 엘리자베스의 기억으로는 분명치 않았고, 꿈을 꾸고 난 뒤의 증상 같기도 했지만 이 사실을 밝힐 수는 없었다. 레오가 또 소설에 이용할지도 모르니까.

공항에 와서야 엘리자베스는 다시 제네바에 전화를 걸었다. 모리츠 말로는 세 사람이 아직 살아 있는 것 같고, 현재 몸값을 협상해 보려는 중이라고 했다. 외무부에는 현지에 신뢰할 만한 사람이 없고, 모리츠도 협상을 일임할 만한 사람이 전혀 없다고 했다.

"사무 차관은 어떻게 됐어?"

"잘하면 오늘 사무 차관과 통화할 거야."

"근데 지금 어디야?"

"묻지 않는 게 좋을걸. 이야기가 길어질 테니까."

엘리자베스는 수화기를 내려놓았고, 레오는 벌써 출구에 가서 섰다. 직원은 아직 보이지도 않는데 말이다. 엘리자베스가 레오에게 신호를 보내자 레오는 고개를 세차게 저으며 자기 쪽으로 오라고 손짓했다.

"난 조금 있다가 갈게."

도착해 보니 문화원에서 리더고트 여사가 나와 기다리고 있었다. 리더고트 여사는 모직 재킷에 알이 두꺼운 안경을 쓰고 있었다. 머리는 높이 틀어 올렸고, 얼굴은 딱딱해진 반죽처럼 보였다.

"리히터 씨. 아이디어는 모두 어디에서 얻나요?"

"욕조요." 레오가 눈을 감은 채 말했다.

"글은 대체 언제……."

"늘 오후에 쓰죠."

리더고트 여사는 정보에 고마워했다. 도로에서는 김이 모락모락 났고, 벽에 붙은 플래카드에서는 대통령이 웃고 있었다. 빨간 신호등으로 바뀔 때마다 반쯤 벌거벗은 아이들이 도로로 뛰어나와 장난을 쳤다.

"너무 피곤해요. 오늘 강연회가 끝나면 곧장 숙소로 가겠습니다." 레오가 말했다.

"절대 안 됩니다." 리더고트 여사가 대답했다. "대사님이 기다리고 계세요. 성대한 리셉션도 있고요. 모두 오래전부터 준비한 거죠."

호텔에서 레오는 펜클럽에 전화를 걸어 중앙아시아 여행을 취소했다. 다른 사람을 알아보라고 하면서 범죄 소설가인 마리아 루빈스타인을 추천했다. 마리아가 얼마 전에 더 많은 경험을 원한다고 말했다는 것이다. 레오는 휴대전화로 마리아에게 문자를 보냈다.

'아주 흥미로운 여행이지만 난 못 가요. 제발 간다고 해 줘요. 신세 잊지 않을게요. 고마워요! 고마워요! 고마워요, 레오.'

그러고 나서는 엘리자베스에게 리더고트 여사에 관해 잠시 투덜거렸다. 얼굴이 어떠니, 표정이 어떠니, 무심하다느니, 자존심도 없다느니. 이보다 더 형편없는 사람들도 있을까, 해 가면서.

"있어. 더 형편없는 사람들도 있어." 엘리자베스가 말했다.

그런 다음 두 사람은 사랑을 나눴는데 이번에는 꿈이 아니었다. 엘리자베스는 레오 어깨를 살짝 깨물었고, 잠시 인질로 붙잡힌 동료 생각은 잊었다. 또 엘리자베스가 레오 얼굴을 손으로 세게 누르자 레오는 호흡이 힘들어져서 잠시나마 조목조목 뜯어보고 불평하는 일을 잊었다. 일은 곧 끝나 두 사람은 다시 본래대로 돌아왔고, 서로 거의 모르는 사람을 보듯 약간 당혹해했다.

레오는 대사관저에서 강연을 했다. 산업계, 경제계, 해외 공관에서 나온 독일인들이 자리에 참석했고, 양복 차림의 남자들과 진주 목걸이를 한 여자들로 가득했다. 공관은 전날 강연했던 빌라와 비슷해 보였고, 다시 도심지 분위기가 연출되었지만 이곳이 훨씬 더 덥고 공기가 더 나쁘다는 것만 빼면 어제의 그 장소에 아직 있다고 착각할 정도였다. 레오는 자유롭게 강의하면서 고개를 약간 뒤로 젖혀 눈을 천장으로 향했다. 레오의 강연은 썩 훌륭했지만 엘리자베스는 레오의 분노를 감지했다. 할 수만 있다면 레오는 이 자리에 모인 사람들에게 모두 사형 선고를 내렸으리라. 레오는 호의적이지 않았다. 사람들에게 덕담을 해 주지 않았다. 그게 눈에 띌 정도였는데도 사람들이 전혀 눈치채지 못하는 이유가 뭘까, 엘리자베스는 자신에게 물었다. 엘리자베스는 사람들이 자신의 관심사와 걱정에 갇혀서 눈앞에 벌어지는 일들도 잘 못 본다는 사실을 종종 깨달았다. 레오가 강연을 마치자 박수가 터져 나왔고, 그다음에는 어제와 똑같은 리셉션이 악몽처럼 다시 되풀이되었다. 누군가 리트 씨라고, 또 다른 사람은 헤닝 박사라고 자신을 소개했다. 그러자 다시 리더고트 여사가 흥분으로 창백해진 얼굴로 나타났는데 대사가 바로 옆에 서서 레오 어깨를 두드리며 도대체 아이디어는 어디에서 얻는지 물었기 때문이었다. 대사는 레오의 최신작을 베를린에서 뮌헨으로 가는 비행기 안에서 읽기 시작했다고 말했다.

"흥미롭군요." 레오가 말했는데 무슨 생각을 하는지 얼굴에 적나라하게 드러났다.

대사는 고개를 끄덕였다.

"여긴 처음이신가요?"

"마지막이죠."

"그렇군요." 대사가 말했다.

"당신을 죽여 버릴 거예요." 레오가 말했다.

"기쁘군요. 당신 솜씨가 탁월한 걸 아니까요." 대사가 말했다.

대사는 리더고트 여사에게 웃어 보이고는 사람들 속으로 사라졌다.

신사 숙녀들의 행진이 이루어지면서 모두들 레오와 엘리자베스와 악수했다. 모두 부퍼탈과 하노버, 바이로이트, 뒤셀도르프와 베브라에서 온 사람들이었고, 아주 꼿꼿하고 비쩍 마른 남자는 자르 강변의 할레에서 왔다고 했다. 잠깐 엘리자베스는 온 나라에 정말 독일인만 있는 건 아닌지 궁금해졌다.

자동차 안에서 레오가 말했다. "이거야말로 예술이지. 다른 건 모두 선전이고 환상이야. 내가 늘 그렇다고 말했잖아. 하지만 그 말이 맞는지는 몰랐어!"

엘리자베스는 레오의 얼굴이 창백한 걸 보았다.

"그래서 일, 싸움, 걱정거리, 완전히 허비하는 인생을 사는 거지. 영혼 없는 사람들을 초대하고, 악수하고, 식사하기 전에 잡담이나 늘어놓으면서 말이야."

조수석에 앉아 있던 리더고트 여사가 깜짝 놀라 뒤돌아보았다.

"언짢게 생각지 마세요!" 레오가 소리쳤다. "친애하는 리더고트 여사님! 그냥 하는 소리니까요."

그날 밤, 다시 욕실에서 엘리자베스는 마침내 사무 차관과 연락이 되었다. 엘리자베스는 휴대전화를 귀에 딱 붙인 채 변기 위에 앉아 있었다.

힘든 상황이라고 사무 차관이 서툰 영어로 말했다. 실은 할 수 있는 게 아무것도 없다고 했다. 있다 해도 비용이 엄청날 거라고 했다.

"재정적으로 말인가요?"

"재정적으로도 그렇고요."

그건 당연한 일이라고 엘리자베스가 말했다. 무슨 방법이 있을 거라고 했다. 사무 차관의 개입을 높이 평가하고 감사를 표한다고 말했다.

사무 차관은 아무것도 약속할 수 없다고 했다. 나중에 연락하겠다고 했다.

엘리자베스는 어두운 방으로 더듬거리며 돌아오다가 침대 옆 탁자에 부딪쳤다. 유리잔이 바닥에 떨어졌고, 레오가 잠을 깼다.

"우리 도망치자!"

"뭐?"

"난 내일 상공회의소에서 주관하는 리셉션에 참가하지 않을 거야. 그냥 사라질 거야. 비행기 타고 피라미드가 있는 곳으로 가자. 난 늘 피라미드가 보고 싶었어."

"좋아!"

"그 사람들이 어쩌겠어! 날 고소할까?" 레오는 머뭇거렸다. "고소할 수 있을까? 내 말은, 이론적으로 날 고소할 수 있어?"

"그럴 것 같진 않은데."

"그래, 하지만 할 수는 있냐고?"

엘리자베스는 쿠션에 몸을 파묻었다. 대답하기에는 너무 피곤했다. 엘리자베스는 어둠 속에서 레오의 눈길을 느꼈고, 레오가 자신을 만지고 싶어 한다는 걸 알았지만 엘리자베스는 너무 피곤해서 피곤하다는 말조차 할 수가 없었다.

아침이 되자 두 사람은 출발했다. 공항까지 택시를 탄 뒤 다음 비행기로 고원 지대로 갔다. 비행 내내 엘리자베스는 레오에게 아무 일도 없을 거라고, 아무도 레오를 고소할 수 없으며, 독일 상공회의소와의 약속을 어겼다는 이유로 감옥에 가진 않는다고 장담해야 했다. 저 아래로는 몹시 푸르고 울창한 원시림이 펼쳐졌는데 엘리자베스가 지금까지 본 산 중에 가장 높은 산이었다.

"그때 같아. 학교 빼먹을 때의 그 기분이야." 레오가 말했다.

"당신은 한 번도 학교 빼먹은 적 없잖아."

"그걸 어떻게 알아?"

"빼먹었어?"

"누구나 한 번쯤은 그러잖아!"

"하지만 당신은 아니지?"

레오는 창문 쪽으로 몸을 돌리더니 착륙까지 침묵했다.

고원 지대는 공기가 희박해서 호흡이 힘들었고 움직일 때마다 심장 박동이 더 빨라졌다. 거리와 집들 위로는 눈부신 빛이 드리워졌고, 어디에도 그늘은 없는 것 같았다. 잠시 있자니 강렬한 빛에 피부가 따가워졌다. 택시가 경적을 울리며 혼잡 속을 헤집고 가는 동안 엘리자베스는 모리츠한테서 온 메시지를 들었다. 현지 정부가 개입한 것 같다는 내용이었다. 아무것도 정확한 건 없으며 인질들이 석방되었다는 소문도 있지만, 한편으로는 죽었다는 소문도 있다고 했다. 모리츠는 소식을 듣는 대로 즉각 전화하겠다고 약속했다.

엘리자베스와 레오는 최고급 호텔에 짐을 내려놓고 가이드를 고용했다. 가이드는 키가 크고 진지하며 말수가 적었다. 레오가 휴대전화를 켜자 문화원에서 온 메시지가 일곱 건 있었다.

"골치 아픈 일이 생길 것 같아. 그 사람들이 나를 정말 고소할까?"

이 질문을 한 번만 더 해 봐. 엘리자베스가 생각했다. 내가 알게 뭐람. 한 번만 더 하면 다음 비행기를 타고 가 버려야지.

하지만 레오가 이 질문을 더 하지 않은 건 숨을 쉴 수 없었기 때문이었다. 그르렁거리며 숨소리를 내는 가이드를 따라 두 사람은 산비탈을 올라갔다. 엘리자베스의 맥박이 방망이질하듯 뛰었고, 너무 힘들어서 불안감도 잊었다. 길은 나지막한 풀밭 사이로 나 있었고, 바위 여기저기에는 비쩍 마른 나무들이 달라붙어 있었다. 난데없이 구름이 몰려오면서 공기가 갑자기 축축해졌고, 빛도 갈래갈래 부서진 것처럼 분산되었다. 그러더니 비가 오기 시작했다.

일행은 억수같이 퍼붓는 빗속에서 피라미드에 이르렀다. 천둥이 바위에 메아리쳤고, 번개가 지평선 위로 꾸불꾸불 굽이치면서 안개 속에 보이는 거라고는 돌로 된 뾰족한 꼭대기 세 개뿐이었다. 가이드는 꼼짝 않고 서 있었다. 가이드의 비닐 모자 위로 빗물이 방울졌다.

"사실은, 난 이런 건 다 관심 없어. 난 글만 쓸 뿐이야. 창작을 한다고. 실은 아무것도 보고 싶지 않아." 레오가 말했다.

"난 소설 속에 들어가고 싶지 않아."

레오가 엘리자베스를 쳐다보았다.

"내 이미지를 만들지 마. 나를 소설 속에 집어넣지 말라고. 그게 당신한테 하는 유일한 부탁이야."

"하지만 그건 어차피 당신이 아니야."

"나야. 그게 내가 아니라도 해도 그건 나야. 당신도 잘 알잖아."

비가 그치고, 잠시 뒤에 햇살이 구름을 뚫고 비쳤다. 안개 사이로 햇살이 비치면서 거대한 피라미드에 나 있는 계단이 느닷없이 모습을 드러냈다. 저 아래 계곡은 심연으로 가라앉은 것 같았고, 일행이 서 있는 산등성이가 천천히 솟아오르는 느낌이었다. 어딘가에서 시냇물 흐르는 소리가 들렸다. 엘리자베스는 왜 눈물이 나려는지 알 수가 없었다.

"이곳에서 사람들이 죽었어. 수천 명씩. 매달." 레오가 말했다.

"그건 세상에서 사라지지 않아요. 눈을 감으면 느낄 수 있죠."

가이드가 안색 하나 바꾸지 않고 말했다.

"독일어는 어디에서 배웠어요?"

"하이델베르크에서 공부했어요. 문화인류학을 전공했죠. 9학기 동안."

바로 그 순간 엘리자베스의 휴대전화가 울렸다.

로잘리에가 죽으러 가다

내 주인공들을 통틀어 로잘리에가 가장 현명하다. 약 70년 전에 로잘리에는 젊고 공부를 잘했으며 사범대학을 졸업한 뒤 40년 동안 교편생활을 했다. 로잘리에는 두 번 결혼했으며 세 딸은 이미 다 성장했고, 이제 미망인이 된 로잘리에는 연금이 풍족했고, 착각에 빠지는 경우는 결코 없었다. 그래서 지난주에 의사가 췌장암은 치유할 수 없으며 이제 살날이 얼마 남지 않았다고 말했을 때도 놀라지 않았다.

"그래도 진실을 듣고 싶으시죠."

의사는 마치 로잘리에가 어린아이이며 어른한테 신임받게 된 걸 뿌듯해해도 좋다는 듯한 표정으로 말했다.

"한 가지 좋은 소식은, 끔찍한 통증은 아주 마지막에나 찾아온다는 거죠."

로잘리에는 담담하게 상황을 받아들인다. 그 유명한 일곱 단계를 로잘리에는 겪지 않았다. 분노나 부정도 없었고, 이해하기까지 서서히 싸울 필요도 없었다. 잠깐 불신의 단계만 거친 뒤 하룻밤 몹시 슬퍼하고 나서, 다음 날 아침에는 벌써 인터넷으로 스위스 협회를 검색한다. 목숨을 단축할 수 있게 도와주는 곳이라고 들은 적이 있었다.

정말 그런 곳이 있다는 걸 당신도 아는지 모르겠다. 내가 지어낸 곳이 아니다. 취리히 근교에 소재하지만 정확한 이름은 여기에서는 밝히지 않는 게 좋겠다고 변호사가 충고해 주었다. 몇몇 스위스 기관에서 안락사를 제공하지만 이 협회가 가장 유명하다. 이 협회에 관해 아직도 못 들어 보았다면 주목하시라. 소설에서도 뭔가 배울 게 있으니까. 이 협회는 가입이 필요하며, 적지 않은 비용을 지불해야 하고, 진단서를 보내면 과연 정말 희망이 없는지 의사가 살펴보고 판단한다. 그러고 나면 이곳에 도착해서 협회의 유일한 재산인 이른바 죽음의 집에 들어가게 된다. 이 방에는 소파, 침대, 탁자가 있고, 탁자 위에는 명예직으로 일하는 동료가 놓아둔 펜토바르비탈 나트륨*이 담긴 잔이 있다. 이걸 마셔야 한다. 자기 힘으로, 또 자유 의지로.

죽음에 관한 문제에서 로잘리에는 잘 놀라지 않는다. 로잘리에의 첫 남편의 사촌이 스스로 머리에 총을 쏘았는데 그때만 해도 죽는 게 얼마나 힘든지, 이런 경우에도 살아남을 수 있다는 걸 몰랐다. 각도가 빗나가는 바람에 사촌은 몇 주를 아래턱 없이 근근이 살아갔다. 로잘리에 친구 로레의 여동생은 네 번이나 수면제로 자살을 시도했다. 매번 수면제의 양을 늘렸지만, 항상 배설물과 구토와 함께 의식을 회복했다. 암울한 시간 속에서 추측하는 것보다 우리 몸은 훨씬 강하며 생명력은 더 강하다. 로잘리에의 조카이자 라라 가스파드의 오빠인 프랑크는 11년 전에 목을 매달았다. 프랑크의 목은 졸리면서 생긴 반점으로 시커멨고 천장에는 깊게 긁힌 자국이 남아 있었다. 전문가의 도움을 받는 것도 나쁘지 않다. 잠

---

* 동물의 안락사에 사용되는 약품.

시 버티다가 로잘리에는 수화기를 든다.

프라이타크 씨가 전화를 받는다. 프라이타크 씨는 공손하고 조용하며 아주 예의 발랐는데 이런 종류의 대화에 경험이 많은 게 분명했다.

프라이타크 씨는 내가 만들어 낸 인물이란 걸 밝혀 둬야겠다. 난 협회에 전화를 걸지 않았기 때문에 누가 전화를 받는지 무슨 말을 하는지 모른다. 알아내고 싶었지만 늘 막연한 공포가 나를 막았고, 마치 해서는 안 될 짓을 하기 직전처럼, 재미 삼아 유령을 불러내려는 것처럼 느껴졌다. 게다가 난 원래 사실을 중요시하는 작가가 아니다. 사소한 세부 사항도 철저히 조사하고, 등장인물이 무심코 지나가는 상점조차 작품에서 실명을 거론하기 좋아하는 작가들이 있다. 하지만 난 그런 건 아무래도 상관없다.

"아주 간단합니다."

프라이타크 씨가 말한다. 주소는 이렇고, 팩스 번호는 이렇고, 진단서만 보내면 당장 정신과 의사와 면담을 해서 부인의 책임 능력을 검토한다고 했다. 그러고 나면 가입 서류를 팩스로 받아 이를 다 기입한 뒤 다시 팩스로 보내면 일정이 잡힌다고 했다. 혹시라도…… 프라이타크 씨는 처음으로 머뭇거린다. 혹시라도 다급한 경우인지?

의사 말로는 몇 주 남았다고 로잘리에가 말한다.

이런 경우에는 일이 서둘러 진행된다고 한다.

프라이타크 씨의 목소리는 아주 차분했지만 동정심이 가득 묻어난다. 프라이타크 씨는 정말 훌륭하게 해낸다. 못 할 것도 없지,

로잘리에가 생각한다. 프라이타크 씨는 다른 데서 돈을 더 많이 벌 수도 있겠지만 이게 진짜 소명인지도 모르겠다. 로잘리에는 감사하는 마음까지 들 정도였다.

밤에 로잘리에는 몇 년 전부터 꾸지 않은 꿈을 꾼다. 혈관이 격정적으로 뛰었고 감각적으로 달뜬 흥분이 있었는데, 잠을 깬 뒤 로잘리에는 거의 충격에 휩싸여 꿈을 다시 기억해 낸다. 수많은 사람들, 소음, 그리고 과열된 포옹. 또 로잘리에가 50년 동안 생각하지 않았던 사람들도 갑자기 나타난다. 영원히 기억 속에서 사라져 버린 듯한 사람들이었는데 아마도 살아 있는 사람 중에는 아직도 로잘리에를 기억하는 사람이 없어서인지도 모르겠다. 모든 게 얼마나 오래전의 일인지. 정말 로잘리에도 가야 할 때가 된 모양이었다.

그렇긴 해도 로잘리에는 자신의 운명에 완전히 순응할 수는 없었다. 그 때문에 로잘리에는 이른 새벽에 내게 자비를 구하며 묻는다.

로잘리에, 그건 내 능력 밖의 일이야. 난 그렇게 할 수가 없어.

물론 할 수 있어! 이건 당신 소설이잖아.

하지만 이 소설은 너의 마지막 가는 길을 다루고 있어. 그걸 다루지 않는다면 너에 대해 쓸 이야기가 없어. 이 소설은…….

다른 식으로 바꿀 수도 있잖아!

난 다른 건 몰라. 너의 이야기로는.

그 말에 로잘리에는 옆으로 돌아누웠지만 날이 밝을 때까지 잠들지 못한다. 이건 특별한 일이 아니었는데, 로잘리에가 마지막으로 잠을 푹 잔 건 25년도 더 전의 일이었다.

모든 게 평소와 다름없다는 듯, 로잘리에에게 아직도 시간이 있는 것처럼 하루하루 흘러간다. 충격은 점차 사라진다. 아니, 정확하게 말하자면 충격은 남아 있지만 끝이 무뎌져서 골고루 무딘 압박으로 변했고, 로잘리에 존재의 일부로 오랫동안 함께해 온 위경련과 조금도 다르게 느껴지지 않는다. 로잘리에는 이제 아픈 데가 없다는 게 어떤 느낌인지 기억할 수조차 없었다. 일흔 살이 넘으면 인생이 그렇다. 여기가 당기고, 저기가 쑤시고, 내내 몸이 안 좋고 관절이 모두 뻣뻣하다.

로잘리에는 딸들에게는 아무 말 않기로 한다. 현실적이어야 하니까 딸들은 벌써 오래전부터 로잘리에의 죽음을 기다려 왔다. 딸들은 누가 장례식을 주관하고, 어디에 매장할 건지 구체적으로 의논했을 거라고 로잘리에는 장담했다. 딸들은 의무감 때문에 로잘리에에게 이성적으로 생각하라며 요양원으로 갈 것을 몇 번이고 청했지만 로잘리에는 아직은 혼자서 지낼 만한 데다 요양원이 비싸다는 이유로 딸들의 요구를 단호히 거부했다. 그런데 이제 와서 딸들을 성가시게 할 이유가 있을까? 가족 모임을 하며 눈물 어린 포옹과 작별의 말이 왜 필요하단 말인가? 취리히에서 사무적인 편지를 보내 딸들이 오랫동안 기다려 온 일이 이제 시작되었음을 알리는 게 훨씬 더 좋고 깔끔하지 않을까.

로잘리에는 가장 친한 친구인 로레와 실비아와 약속해서 케이크를 곁들인 커피 모임을 갖기로 한다. 오후에 세 노부인은 도심지에서 가장 좋은 카페에 앉아 손자 이야기를 나눈다. 일정한 나이가 되면 사람들은 가족 이야기만 한다. 정치와 예술은 추상적인 일이 되면서 관심이 없어져 젊은 사람들 일로 떠넘기게 되고, 개인의 추억들은 갑자기 너무 개인적인 일로 느껴져 서로 나누기가 부담스럽다. 그러다 보니 손자가 남는다. 다들 남의 손자에는 관심도 없으면서 오로지 자기 손자 이야기를 할 권리를 얻기 위해 잠자코 듣는다.

"파울리는 벌써 말을 할 줄 알아." 로레가 말한다.

"하이노와 루비는 유치원에 다녀. 유치원 선생님 말로는 루비가 그림을 잘 그린대." 실비아가 말한다.

"파울리도 아주 잘 그려." 로레가 말한다.

"토미는 경찰과 도둑 놀이를 좋아해." 로잘리에가 말한다.

나머지 두 사람은 고개를 끄덕이고, 로잘리에를 안 지 30년이나 되었지만 토미가 누군지 아무도 묻지 않는다. 토미는 없다. 토미는 로잘리에가 꾸며 낸 인물인데 왜 그랬는지는 자신도 모른다. 요즘에도 아이들이 경찰과 도둑 놀이를 하는지 모르겠지만 로잘리에게는 시대에 뒤진 놀이처럼 느껴진다. 로잘리에는 다음번에는 진짜 손자에게 한번 물어봐야겠다고 생각하지만 곧 다시는 손자를 못 본다는 걸 깨닫는다. 로잘리에는 목이 조여 오면서 잠시 말하는 게 힘들어졌다.

로잘리에는 기분 전환을 위해 금테를 두른 벽거울을 쳐다본다. 이게 정말 우리일까? 이 모자, 악어 핸드백, 예쁘게 화장한 얼굴, 일부러 꾸민 손동작과 우스꽝스러운 옷들이? 어떻게 이런 일이 일어났을까? 우리도 여느 사람들과 같았고, 어떻게 옷을 입어야 하는지 알았고, 머리 모양도 바보 같지 않았다! 바로 그런 이유로 모두들 이 특별한 미스 마플 탐정을 좋아하는 거라고 로잘리에는 생각한다. 미스 마플은 현실과는 정반대의 세계를 구현하기 때문이다. 나이 든 여자들은 살인 사건을 해결하지 않는다. 나이 든 여자들은 세상에 관심이 없으며 무슨 일이 벌어지든 이해하려 들지 않는다. 그 정도까지는 아니라고 해도 모두들 자신은 다르다고 생각한다. 우리 모두 그렇게 생각했던 것처럼.

세 사람은 서로 헤어지기로 하는데, 이곳에 벌써 한 시간째 앉아 있는 데다 이렇게 오래 집을 비우면 모두 불안해졌기 때문이다. 자리에서 일어서면서 로잘리에는 다시 한번 거울을 들여다본다. 여름인데도 두꺼운 재킷 차림, 비도 오지 않는데 방수가 되는 우모를 쓴 모습. 별로 넣어 다닐 것도 없는데 핸드백은 또 왜 이렇게 클까? 로잘리에가 입고 있는 옷조차 로잘리에의 불필요함을 말해 준다. 인간의 찌꺼기, 잉여 인간임을. 너희도 곧 뒤따라오겠지, 로잘리에는 이렇게 생각하며 실비아와 로레에게 각각 입맞춤을 하고 손자와 요통과 잘 지내라고 기원한 뒤 거리를 건넌다.

로잘리에는 자동차가 오는 걸 보지 못한다. 예전 같으면 그냥 무턱대고 거리를 건너지 않았을 것이다. 이런 건 깊이 생각할 것도 없이 자동적으로 조심했을 것이다. 경적이 울리고, 브레이크를 밟는 끼익 소리가 나고, 빨간 폭스바겐이 멈춰 선다. 운전자가 차창을 내리며 뭐라고 소리치지만 로잘리에는 계속 걸어가고, 이제는 맞은편 차선에서 끽 소리와 함께 흰 메르세데스가 어찌나 세게 브레이크를 밟았던지 차가 옆으로 돌아갔다. 로잘리에에게는 지금까지 영화에서나 보던 장면이었다. 로잘리에는 동요하지 않고 계속 걸어간다. 도로 맞은편에 이르고 나서야 심장이 쿵쾅거리기 시작하고 머리가 어질어질해진다. 보행자들이 멈춰 선다. 이것도 한 방법이겠구나. 로잘리에는 생각한다. 이런 식으로도 목숨을 단축시킬 수 있고, 취리히까지 안 가도 된다.

한 청년이 로잘리에의 팔꿈치를 잡고 괜찮은지 묻는다.

"네. 괜찮아요!" 로잘리에가 말한다.

청년은 로잘리에에게 집은 어딘지, 가는 길은 아는지 묻는다.

그 질문에 로잘리에는 재기 발랄한 대답들이 몇 개 떠올랐지만 지금은 농담할 때가 아니라고 생각해서 아주 잘 알고 있다고 청년을 안심시킨다.

집에 오니 자동 응답기의 램프가 깜빡깜빡거린다. 프라이타크 씨가 로잘리에의 소견서가 받아들여졌음을 알린다. 놀랍게도 로잘리에는 지금까지 퇴짜 맞기를 바라고 있었던 게 분명해진다. 모든 것이 착각이며 로잘리에는 전혀 치유 불가능한 게 아니라는 대답을. 로잘리에는 프라이타크 씨에게 전화를 걸고, 잠시 뒤에 프라이타크 씨는 아주 친절한 정신과 의사를 바꿔 준다.

유감스럽게도 로잘리에는 정신과 의사의 악센트를 이해하는 데 어려움을 느낀다. 스위스 사람들은 도대체 왜 이럴까. 로잘리에가 생각한다. 이들은 다른 건 다 잘하면서 왜 정상적으로 말하는 건 못 할까? 로잘리에는 청소년 때의 일들을 들려주고, 미국, 프랑스, 독일 대통령 이름을 대고, 바깥 날씨가 어떤지 묘사하고, 15 더하기 27, 12 더하기 30, 40 더하기 251를 하고, 낙관주의와 비관주의, 또 숙련과 비숙련의 개념 차이를 설명한다. 더 할 게 남았나요?

"없습니다. 고마워요. 그 정도면 됐습니다." 의사가 말한다.

로잘리에는 고개를 끄덕인다. 로잘리에는 더하기 문제에서 너무 빨리 대답하지 않으려고 애쓰며 잠시 시간을 끌었는데, 옆에서 누가 도와준다고 의사가 오해할까 봐 그랬다. 개념 설명에서는 가능한 한 간단하게 표현했다. 로잘리에는 교사였기 때문에 경험으로 잘 알고 있다. 눈에 띄지 않는 게 가장 중요하다는 걸. 시험 성적이 너무 좋으면 의심을 받고 부정행위 혐의에 휘말린다.

이제 전화는 다시 프라이타크 씨한테로 넘어왔다. 시간이 촉박하니 다음 주에 와도 된다고 했다.

"월요일이면 괜찮으십니까?"

"월요일." 로잘리에가 따라 한다. "안 될 이유가 있겠어요?"

그런 다음 로잘리에는 여행사에 전화를 걸어 취리히행 편도 항공권을 문의한다.

"편도 티켓은 비싸요. 왕복으로 하시죠."

"그러죠."

"귀국일은 언제로 하시겠어요?"

"상관없어요."

"그건 좀 곤란해요. 가장 저렴한 티켓의 경우 귀국 날짜를 변경할 수가 없습니다." 여행사 직원은 나이 든 여자와 대화할 때 으레 그렇듯 몹시 친절하고 지나치게 참을성 있는 목소리로 말한다. "잘 생각해 보세요. 언제 돌아오고 싶으세요?"

"돌아오고 싶지 않아요."

"하지만 돌아오실 생각이잖아요."

"편도가 좋을 것 같아요."

"귀국 날짜를 미정으로 해서 예약해 드릴 수도 있어요. 물론 더 비싸지만요."

"편도 티켓보다 더 비싼가요?"

"편도 티켓이 가장 비싸답니다."

"그게 타당한가요?" 로잘리에가 묻는다.

"네?"

"타당하지 않잖아요."

"고객님……." 남자 직원은 헛기침을 한다. "여긴 여행사예요. 우리가 가격을 정하는 게 아닙니다. 가격이 어떻게 결정되는지 우리는 몰라요. 내 여자 친구가 항공사에서 일하지만 그 친구도 몰라요. 난 최근에 시카고행 비즈니스 클래스 좌석이 이코노미 좌석보다 더 싸다는 걸 알아냈어요. 고객이 그 이유를 물었을 때 내가 대답했죠. '고객님, 그런 질문을 시작하다가는 내 머리가 돌고 말 겁니다. 컴퓨터에 물어보세요. 저도 컴퓨터에게 묻거든요. 누구나 컴퓨터에게 묻죠. 그래야 일이 된답니다!'"

"비행기 티켓 가격이 늘 그랬나요?"

직원의 침묵으로 보아 그 문제를 생각하고 싶지 않은 모양이었다. 서른 살 미만의 사람들은 어떤 상황을 두고 왜 그런지 이유에 관심이 없다는 걸 로잘리에는 벌써 몇 번째 느꼈는지 모른다.

"그럼 편도 티켓으로 할게요."

"확실해요?"

"아주."

"비즈니스 클래스?"

로잘리에는 고민했다. 하지만 비행거리가 짧은 여행인데 무엇 때문에 돈을 낭비하는가!

"이코노미."

직원은 중얼거리고, 자판을 두드리고, 중얼거리고, 다시 자판을 두드리더니 15분 뒤에 로잘리에의 비행기 티켓을 발급한다. 유감스럽게도 티켓을 전자 메일로 보내 줄 수가 없다고 직원이 말한다. 컴퓨터가 말을 안 들으니 어쩔 도리가 없다는 거다. 직원은 택배로 보낼 수밖에 없다고 했다. 물론 그게 더 비싸다고 했다.

"그렇게 하세요." 로잘리에가 말한다. 이제는 정말 넌더리가 났다.

로잘리에는 전화를 끊으며 이제 이 세상에 남은 걱정거리가 없다는 걸 깨닫는다. 벌써 언제부터 배관공을 불러 고치려고 했던 물이 똑똑 새는 수도꼭지, 욕실의 물때, 뭔가 훔치려는 듯 늘 로잘리에의 집 창문을 위협적으로 쳐다보는 이웃집 소년. 이제 이 모든 건 중요하지 않았고, 다른 사람이 대신 신경 쓰든지 아니면 아무도 신경 쓰지 않을 것이다. 다 끝난 일이다.

이날 밤, 로잘리에는 이 사실을 밝히고 싶은 유일한 사람에게 전화를 건다.

"어디야?"

"샌프란시스코." 라라 가스파르가 말한다.

"그럼 전화비가 제법 많이 나오겠네, 안 그래?"

이젠 상대방이 어디 있는지도 모른 채 아무 데나 통화할 수 있다니 얼마나 놀라운 일인가. 공간 자체가 예전과는 개념이 달라진 것 같다. 로잘리에는 똑똑한 조카딸과 이야기할 수 있어서 한편으로는 기쁘고, 또 한편으로는 긴장한다.

"그건 중요하지 않아요. 무슨 일이에요? 목소리가 이상해요!"

로잘리에는 침을 꿀꺽 삼킨 뒤 이야기를 꺼낸다. 마치 다른 사람의 이야기인 양, 아니면 모두 누가 지어낸 이야기처럼 로잘리에게는 갑자기 모든 게 비현실적이고 극적으로 느껴진다. 이야기를 모두 마치자 로잘리에는 더 할 말이 없다. 이상하게도 로잘리에는 당황한다. 혼란스러워 침묵한다.

"세상에." 라라가 말한다.

"잘못되었다고 생각하니?"

"뭔가 잘못되었죠. 근데 그게 뭔지 말하긴 힘드네요. 혼자 가세요?"

로잘리에는 고개를 끄덕인다.

"그러지 마세요. 나도 데려가요."

"말도 안 되는 소리."

두 사람은 잠시 침묵한다. 라라가 더 다급하게 청하면 로잘리에가 굴복하고 말 거라는 걸 라라는 알았다. 로잘리에도 이를 알았고, 라라도 로잘리에가 이를 알고 있다는 걸 알았다. 하지만 라라에게는 지금, 이런 식으로 당장, 아무 준비 없이 그렇게 할 만한 힘이 없다는 걸 로잘리에는 알았기 때문에 두 사람은 어쩔 수가 없고 반박할 수 없는 일인 양 행동한다.

그래서 두 사람은 했던 말을 계속 반복하고 한동안 쉬어 가면서 긴 대화를 나누는데, 삶, 유년기, 하느님, 죽음에 관한 이야기였다. 그러면서 로잘리에는 계속 전화를 걸지 말았어야 했다고, 마음 같아서는 그냥 끊어 버리고 싶다고, 그러면서 또 한편으로는 전화를 끊을 생각이 당연히 없으니 통화가 더 길어질 거라는 생각을 한다. 어느 순간 라라는 나지막이 흐느끼기 시작하고 로잘리에는 아주 씩씩하고 의젓하게 작별 인사를 하지만, 곧 모든 게 다시 처음부터 시작되면서 이들은 한 시간을 더 이야기한다. 그러고 나서 로잘리에는 잘못된 일이라는 생각을 한다. 그런 말은 남한테 하는 게 아니었고, 그런 문제로 다른 사람을 괴롭히면 안 된다. 똑똑한 조카딸이 뭔가 잘못되었다고 한 건 바로 이걸 두고 한 말이었다. 혼자 해내든가 아니면 아예 하지 말든가.

주말은 독특한 가벼움으로 흘러간다. 마치 로잘리에 속에 감춰져 있던 세상이 다시 한번 빛을 보고 싶다는 듯 사람들, 목소리, 사건으로 가득한 그녀의 달뜬 꿈들만이 로잘리에가 낮과는 달리 불안하다는 걸 보여 준다. 월요일 아침이면 로잘리에는 가방을 꾸릴 것이다. 로잘리에가 보기에 가방 없이 여행한다는 건 이상하고 특이한 일이어서 할 일은 제대로 해야 한다.

공항으로 가는 택시 안에서, 창밖으로 집들이 휙휙 지나가고 떠오르는 태양이 지붕 위를 간질이는 동안 로잘리에는 다시 시도해 본다. 기회가 전혀 없는지 로잘리에가 내게 묻는다. 모든 건 당신 손에 달렸어. 나를 살려 줘!

그건 안 돼. 내가 곤혹스럽게 대답한다. 로잘리에, 여기에서 너한테 일어나는 일이 바로 너의 목적이야. 그것 때문에 내가 널 만들어 낸 거라고. 이론적으로는 내가 개입할 수 있겠지만 그럼 모든 게 의미를 잃게 돼! 그러니까, 난 그렇게 할 수가 없어.

말도 안 돼. 로잘리에가 말한다. 말은 그럴듯하네. 언젠가는 당신도 갈 때가 와. 그럼 당신도 나처럼 애원하겠지.

그건 문제가 달라!

그때가 되면 당신도 왜 예외가 없는지 이해하지 못할 거야.

그런 식으로 비교할 수 없어. 너는 내 창작물이야, 그리고 난…….

뭐?

난 실제 인물이라고!

그래서?

내 말을 믿어. 아프지 않을 거야. 그 정도는 내가 해 줄 수 있어. 약속할게. 내 소설은…….

미안하지만 난 소설 따위 관심 없어. 재미가 없을지도 모르잖아!

나는 화가 나서 입을 다물고는 로잘리에가 다시 넋두리를 시작하지 못하게 잠시 후에 벌써 로잘리에를 공항에 내려놓는다. 택시가 거짓말처럼 빨리 달리는 바람에 도로는 여러 색깔들로 뒤섞여 휙휙 지나갔다. 로잘리에는 벌써 택시에서 내리고, 체크인 창구에 줄을 선 사람도, 검색대에서 기다리는 사람도 없다. 게이트 앞, 시끄러운 아이들과 사업가들 속에 앉은 로잘리에는 어떻게 이런 일이 일어났는지 전혀 모른다. 우리의 대화는 로잘리에 의식의 뒷자락으로 밀려나고 로잘리에는 내가 정말 말을 한 건지, 아니면 자기 스스로 지어낸 건지 확신하지 못한다.

비행기는 출발이 지연된다. 모든 비행기는 언제나 지연되는데 그건 나도 어쩔 도리가 없다. 그래서 로잘리에는 대합실에 앉아 있다. 햇살이 창문을 통해 부드럽게 내리쬔다. 조금 전까지만 해도 불안해하지 않던 로잘리에가 갑자기 두려움으로 굳어진다.

하필 지금 시작이다. 취리히행 승객의 탑승 요청이 나오고, 로잘리에가 자리에서 일어서자 옆에 있던 여행객이 도움이 필요한지 묻는다. 로잘리에는 도움이 필요 없었지만 부축과 호의 정도는 그냥 받아들일 수 있지 않을까? 그래서 로잘리에는 부축을 받아 비행기에 오른다.

다행히 로잘리에의 자리는 창가 좌석이다. 로잘리에는 한순간도 놓치지 않으리라 다짐한다. 모든 걸 다 담아 갈 것처럼 창밖을 내다볼 것이다. 죽음을 코앞에 두고 알프스산맥 위를 난다니 얼마나 좋은가. 비행기는 이륙 활주로를 달리고, 엔진은 요란한 소리를 낸다.

비행기가 착륙하면서 브레이크의 힘으로 안전벨트가 조여 오는 바람에 로잘리에는 잠을 깬다. 귀가 아프고, 로잘리에는 이마를 문지른다. 정말 비행 내내……? 로잘리에는 믿을 수가 없다. 하지만 창밖으로는 고른 회색빛 하늘 아래 착륙 활주로가 스쳐 간다. 진짜였다. 로잘리에는 비행 내내 잠을 자 버렸다.

"벌써 도착했나요?" 로잘리에가 옆자리 승객에게 묻는다.

남자는 고개를 흔든다. "바젤."

"뭐라고요?"

"취리히는 안개가 심하대요." 남자는 그게 로잘리에 탓인 양 로잘리에를 쳐다본다. "바젤에 착륙할 수밖에 없었어요."

로잘리에는 앞좌석 등받이를 뚫어져라 쳐다보며 애써 곰곰이 생각해 보았다. 이게 무슨 일이지? 로잘리에의 인생을 구하기 위한 예상치 못한 방향 전환인가? 이 여행을 중단시키기 위해 내가 개입이라도 했을까?

하지만 로잘리에. 내가 대답한다. 넌 암에 걸렸어. 어쨌든 죽어. 여행을 중단한다고 해서 네가 사는 게 아냐.

다른 종류의 소설이 될 수도 있잖아. 로잘리에가 말한다. 내가 2주 내로 인생을 발견할 수도 있다는 거다. 내게 한 번도 하지 않은 일을 하란다. 사람들이 현재의 중요성을 잘 모르고 있으니 늘 며칠 후면 죽을 것처럼 열심히 살라는 내용의 소설이 될 수도 있다는 거다. 긍정적이면서…… 그걸 뭐라더라?

낙관적. 낙관적인 소설이라고 하지.

그런 소설이 될 수도 있잖아!

로잘리에, 항공사가 너한테 두 가지를 제공할 거야. 다른 비행기로 갈아타는 것과 기차표. 취리히 안개가 너무 심하기 때문에 언제 다른 비행기에 탑승할 수 있는지는 아무도 몰라. 그러니 기차로 가는 게 좋을 거야. 넌 기차표를 받게 될 거야. 이건 낙관적인 소설이 아니야. 정 갖다 붙이고 싶다면 신학적인 소설쯤으로 해 두자고.

왜 신학적인 소설이란 거지?

나는 침묵한다.

왜 그런지 로잘리에가 다시 묻는다. 그게 무슨 뜻이지?

나는 침묵한다.

"괜찮아요." 로잘리에의 옆자리 승객이 말한다. "그렇게 심각한 건 아니에요. 분명히 취리히로 갈 수 있을 겁니다. 그리 멀지 않으니까요. 그러니까 울 것까지야 없죠."

비행기 출입구에서 이미 로잘리에는 다시 정신을 차린다. 항공사 남자 직원이 투덜거리는 승객들에게 기차표를 나눠 준다. 진짜로 로잘리에는 기차를 타기로 결정하지만 로잘리에가 허약한 데다 썩 건강해 보이지 않자 직원이 로잘리에를 자동차로 기차역까지 데려다주기로 한다. 기차역에는 벌써 기차가 기다리고 있다.

"계단 조심하세요. 조심하세요. 여긴 중간 통로예요. 조심하세요. 계단이 하나 더 있어요. 여기 앉으시겠어요? 조심하세요." 젊은 남자가 말한다.

잠시 뒤, 기차는 구릉이 많은 초원 지대를 내달린다. 로잘리에는 이번만큼은 잠들지 않겠다고 마음먹는다.

기차가 어느 시골 역에 멈췄을 때 로잘리에는 잠을 깬다. 흉측한 주택 지붕들 위로 안개가 걸려 있다. 바깥 승강장에는 한 아이가 질질 짜고 있고, 그 옆에는 아이 어머니가 똥이라도 밟은 것처럼 멍하니 쳐다보고 있다. 로잘리에는 얼굴을 문지른다. 확성기에서는 차장의 안내 방송이 나온다. 인사 사고가 발생했으니 하차해 주시기 바랍니다!

"누가 자살했대요." 한 남자가 유쾌하게 말한다.

"열차에 뛰어들었대요. 산산조각이 났대요. 하나도 안 남았대요!" 한 여자가 말한다.

"신발 한 짝이라도 남았겠지. 아주 멀리까지 수색해 보면 말이야." 남자가 말한다.

모두 사이좋게 고개를 끄덕이더니 열차에서 내린다. 한 남자가 승강장에 내려서는 로잘리에를 돕는다. 이제 로잘리에는 이슬비를 맞고 서 있다. 어찌할 바를 몰라 로잘리에는 기차역 식당으로 간다. 벽에는 성모 마리아가 웃고 있고, 그 옆에는 흑백의 장군 사진, 그 옆에는 곡괭이를 든 등산 안내인 사진이 있다. 방에는 스위스 국기가 네 개 있다. 커피 맛이 끔찍하다.

"사모님, 취리히로 가십니까?"

로잘리에가 눈길을 든다. 옆 탁자에 뿔테 안경을 쓰고 머리는 기름기로 번들거리는 비쩍 마른 남자가 앉아 있다. 로잘리에가 조금 전에 기차에서 본 남자였다.

"만약 그러시면 제가 사모님을 모시고 갈 수도 있는데요."

"여기 차가 있어요?"

"사모님, 차는 많습니다."

로잘리에는 당황해서 입을 다문다. 하지만 손해 볼 게 있을까? 로잘리에는 고개를 끄덕인다.

"함께 가시겠다니 좋습니다. 시간이 빠듯한 것 같군요."

남자는 과장된 몸짓으로 지갑을 꺼내 로잘리에의 커피값을 지불한다. 그러더니 옷걸이 쪽으로 걸어가 거기 걸린 새빨간 챙 모자를 집어 들어 머리에 쓰고 나서는, 다시 이리저리 고쳐 쓴다.

"제가 도와드리지 못하는 거 용서하세요. 허리가 좀 아파서요. 성함이 어떻게 되시죠?"

로잘리에는 이름을 말한다.

남자가 로잘리에의 손을 잡고 누르자 로잘리에는 자기도 모르게 움찔해서 뒤로 물러서고, 남자는 손에 입을 맞춘다. "반가워요!"

남자는 자기 이름을 말하지 않는다. 남자가 아주 꼿꼿하게 서 있고, 동작이 나긋나긋한 걸로 보아 허리가 아픈 사람 같지는 않았다.

로잘리에는 남자를 따라 주차장으로 간다. 남자가 뒤돌아서 로잘리에를 확인하지 않은 채 빠른 걸음으로 걷는 바람에 로잘리에는 보조를 맞추기가 힘들다. 남자는 생각에 잠긴 표정으로 이런저런 자동차 옆에 멈춰 서서 머리를 비스듬히 숙인 채 입술을 뾰족 내민다.

"이 자동차 어때요?" 남자는 은색 시트로엥 앞에서 묻는다.

"내가 보기엔 적당한 것 같은데."

남자는 이렇게 덧붙인 뒤 묻는 듯한 눈길로 로잘리에를 쳐다본다. 로잘리에가 당혹스럽게 고개를 끄덕이자 남자는 몸을 숙여 문을 조작했고, 문은 곧 열린다. 남자는 차에 올라타 점화 장치를 성공적으로 작동시킨다.

"뭐 하시는 거죠?"

"사모님, 안 타실 겁니까?"

로잘리에는 머뭇거리며 조수석에 앉는다. 차에 시동이 걸린다.

"이거 당신 차예요? 아니면 방금……."

"당연히 제 차죠, 사모님! 날 모욕하고 싶으신가요?"

"하지만 방금 점화 장치를……."

"새 특허품입니다. 아주 복잡하죠. 뒤로 기대세요. 오래 걸리지는 않을 겁니다. 안개 때문에 이 차량의 최고 속도를 이용할 수 없다고 해도 말이죠. 사모님을 위험에 빠뜨리고 싶지는 않거든요."

남자가 염소 소리를 내며 웃자 로잘리에의 등줄기에 소름이 쫙 돋는다.

"당신은 누구시죠?" 로잘리에가 쉰 목소리로 묻는다.

"좋은 사람입니다, 사모님. 길을 찾는 자, 조력자, 여행가. 그림자이자 형제죠. 남에게 바라는 대로 되어 주는 사람이라고나 할까요."

차는 이미 고속도로에 들어선다. 옆으로 도로 차단벽이 어른거리며 지나가고 로잘리에의 몸은 속도 때문에 푹신한 가죽 의자 쪽으로 밀린다.

"오래된 수수께끼 있잖아요." 남자는 로잘리에의 얼굴을 곁눈질하며 말한다. "아침에는 네 발, 점심에는 두 발, 저녁에는 세 발. 정말 심오하죠, 사모님."

남자가 라디오를 켜자 알프호른이 울려 퍼지고, 누군가 요들을 부르는 소리가 배경으로 들려온다. 남자는 휘파람을 따라 불며 완전히 리듬을 타면서 핸들을 탁탁 두드려 박자를 맞춘다.

"생각하는 갈대, 엉 로조 팡상.* 사모님, 인간이라고 다를 게 있겠어요! 사모님을 목적지까지 모셔다드리는 조건으로 제가 바라는 건, 걱정 마십시오, 아무것도 없으니까요."

---

* Un roseau pensant. 블레즈 파스칼의 유명한 말, "인간은 생각하는 갈대이다."를 인용한 것이다.

이제 제발 어떻게 좀 해 보시지. 로잘리에가 내게 말한다. 당신 소설 따위는 갖다 버리시지. 누가 당신 소설에 관심을 갖겠어. 아무도 거들떠보지 않는 소설들이 얼마나 많은데. 당신은 날 낫게 할 수 있어. 심지어 날 다시 젊게도 만들 수 있어. 전혀 수고하지 않아도 말이야!

난 하마터면 로잘리에의 말에 넘어갈 뻔했다. 하지만 그 순간 난 다른 데 정신이 팔려 있었다. 운전대를 잡은 이 녀석이 누군지, 누가 이 사람을 만들어 냈는지, 또 어떻게 내 소설에 들어왔는지 내가 전혀 모른다는 사실에 난 몹시 불안했다. 내 원래 계획은 어린 소년과 자전거, 오토바이 패거리와 콜롬비아 출신의 은퇴한 관짜는 소목장과 관련이 있었다. 조그마한 강아지에게도 상징적으로 중요한 역할이 갈 수도 있었다. 초안이 20쪽에 달했고, 그중 상당 부분이 정말 좋았지만 난 이제 이를 버릴 수도 있다.

이들은 벌써 고속도로를 벗어났고 취리히 외곽 지역의 주택들이 눈앞에 펼쳐진다. 소담한 정원들, 우유 광고 간판, 또다시 정원들, 너무 큰 배낭을 멘 어린 학생들. 남자는 갑자기 브레이크를 밟더니 차에서 내려 자동차를 한 바퀴 빙 돌아 로잘리에에게 문을 열어 준다.

"사모님!"

로잘리에는 차에서 내린다.

"다 왔어요?"

"물론이죠!"

남자가 우스꽝스러울 정도로 몸을 깊이 숙이자 두 팔이 축 늘

어져 손등이 축축한 아스팔트에 닿는다. 남자는 그 자세를 잠시 유지하다가 몸을 일으킨다.

"단호하게. 어떤 계획을 세우든 늘 단호함을 갖고 하세요. 이를 잊지 마세요."

남자는 뒤돌아 성큼성큼 걸어간다.

"당신 차는 어떡해요!" 로잘리에가 소리친다.

하지만 남자는 이미 모퉁이를 돌아 사라졌고 시트로앵 자동차는 지시등이 깜빡거리고 문이 열린 채 쓸쓸하게 남겨졌다. 로잘리에는 눈을 깜박이면서 거리명이 적힌 표지판을 예리하게 쳐다보다가 안도감, 당황, 분노가 뒤섞인 심정으로 남자가 자신을 엉뚱한 곳에 내려 줬다는 사실을 깨닫는다.

로잘리에가 손을 든 채 잠시 빗속에 서 있자니 몸이 점점 젖어 오고 말로 표현할 수 없을 만큼 비참함이 느껴진다. 마침내 택시가 와서 선다. 로잘리에는 택시에 올라타 정확한 주소를 댄 뒤 눈을 감는다.

나를 살려 줘. 로잘리에가 마지막으로 애원한다. 당신 소설. 그건 잊어버려. 나를 그냥 살려 줘.

넌 네가 진짜로 존재한다는 환상에 집착하고 있군. 내가 대답한다. 하지만 넌 글자와 모호한 영상, 몇 가지 간단한 생각들로 이루어져 있으며, 그것도 모두 다른 사람 거야. 넌 네가 고통을 당한다고 생각하지. 하지만 고통받는 이는 없어. 아무도 없다고!

말은 그럴듯하게 잘하시는군. 엿이나 먹어라!

순간 나는 할 말을 잃었다. 누가 이런 말을 로잘리에에게 가르

쳤는지 난 모른다. 로잘리에에게 어울리지 않으며, 문체적 부조화며, 내 산문을 해친다. 제발 정신 좀 차려!

그러기 싫어. 난 아파. 당신에게도 이런 일이 일어날 거고, 누군가 당신에게도 넌 존재하지 않는다고 말하게 될 거야.

로잘리에, 바로 그게 차이점이야. 난 존재하거든.

그래서?

나는 인성과 감정이 있고 영혼이 있어. 내 영혼이 불멸은 아닐지 모르지만 실제이긴 해. 왜 웃는 거야?

운전사가 주위를 둘러보더니 어깨를 으쓱한다. 나이 든 사람들은 별스러운 법이다. 자동차 와이퍼가 움직이고, 웅덩이에서는 빗물이 튀고, 사람들은 우산 아래서 쳐다본다. 마지막 길이야. 그녀가 나지막이 말하고, 맞는 말이기 때문에 그녀에게는 그 생각이 비장하고 잘못된 것처럼 보인다. 인생이 어떠했든 무슨 상관이야. 로잘리에가 생각한다. 마지막에는 늘 경악이 기다리고 있는데. 이제는 시간이 흘러가도록 내버려두는 일만 남았다. 이제 그녀 앞에는 20분 정도 놓여 있고, 매분마다 초로 채워져 있다. 긴 시간이고 시계가 수천 번 더 재깍거리지만, 아직은 마지막이 현실이 아니다.

"다 왔습니다!" 운전사가 말한다.

"벌써요?"

운전사는 고개를 끄덕인다. 로잘리에는 환전하지 않은 걸 깨닫는다. 수중에 스위스 프랑이 없다.

"기다리세요. 곧 돌아올게요."

택시에서 내리는 동안 로잘리에는 자신의 마지막 행동이 누군가의 차비를 떼먹는 일이 될 줄 전혀 짐작하지 못한다. 하지만 인생은 뒤죽박죽 너저분한 사건이며 이제 더는 책임질 일도 없다. 건물에는 초인종과 명판이 있었는데, 명판에 적힌 협회 이름은 죽음이 아닌 다른 걸 의미하는 듯했다. 로잘리에가 초인종을 울리자 금방 윙 소리를 내며 문이 열린다.

엘리베이터는 낡아서 승강기 벨트가 삐걱거리는 소리가 난다. 엘리베이터가 올라가는 동안 로잘리에는 언젠가 이 집에 발을 들여놓게 되리라는 걸 지금까지 믿지 않았다는 사실을 깨닫는다. 엘리베이터가 멈춰 서고 문이 열리자, 내려가는 버튼을 다시 누르지 못하게 방해하려는 듯 중간 가르마를 탄 마른 남자가 느닷없이 튀어나온다.

"안녕하세요, 프라이타크입니다."

자, 이제는?

내가 모든 걸 설명해야 한다는 건 나도 안다. 대기실을 지나 그녀 자신이 죽게 될 어느 방 안으로 걸어가는 로잘리에의 발걸음. 책상, 의자, 침대도 묘사해야 하고, 가구가 얼마나 낡았는지, 벽장 위에 얼마나 기묘한 먼지가 쌓여 있는지도 설명해야 한다. 이곳에서는 사람이 아니라 그림자가 살고 있기라도 하듯 모든 물건에 사용한 기색이 있으면서도 동시에 아무도 살지 않는 것처럼 보인다. 물론 카메라도. 나는 카메라도 언급해야 한다. 카메라는 죽을병에 걸린 환자가 독약을 스스로 마시고, 아무도 마시라고 강요하지 않았다는 걸 기록하기 위해 준비되었다. 협회로서는 법적으로 확실히 해 둘 필요가 있기 때문이다. 나는 로잘리에가 의자에 앉고, 두 손에 머리를 파묻고, 창문으로 던진 눈길에 마지막으로 잔뜩 안개 낀 하늘이 보이고, 두려움에 피로감도 모르고, 로잘리에가 — 여기, 네, 여기, 여기도요, 사모님 — 서류에 서명하고, 그리고 마침내 독약이 든 잔이 로잘리에 앞에 놓이는 걸 묘사해야 한다. 나는 로잘리에가 잔을 입으로 가져가는 모습을 설명해야 하고, 저항과 갈망이 뒤섞인 감정으로 로잘리에가 멀건 액체를 바라보는 모습, 잠시 머뭇거리는 모습에 주목해야 한다. 어쨌든 로잘리에는 당장이라도 돌아가서 단 며칠간이라도 고통과 역경으로 가득한 인생을 선택할 수도 있기 때문이다. 그러나 단지 이와 정반대의 결정을 내렸기 때문에 로잘리에는 너무 멀리 와 버렸고 문지방에 거의 이르렀을 때는 돌아가지 않는 법이다. 로잘리에의 마지막 기억들도 묘사해야 한다. 나른한 호숫가에서의 놀이, 어머니의 촉촉한 입술, 일요일 신문을 보는 아버지, 학교에서 짝꿍이던 여자아이와 어릴 때 이후로는 한 번도 생각해 본 적이 없는 남자아이, 할머니 댁의 새장에 있던 몇 마디 말을 아주 또렷이 할 수 있었던 새. 72년이라는 세월을 사는 동안 근본적으로 이 말하는 새만큼이나 로잘리에를 매혹시킨 것도 없었다.

그래, 이건 좋은 소설이 될 수도 있다. 약간 감상적이긴 하지만 멜랑콜리는 유머로 균형을 맞추고, 해결되지 않은 잔인성은 철학적인 걸 가미해서 신중을 기한다. 난 모든 걸 심사숙고했다. 자, 이제는?

이제는 내가 그걸 망친다. 나는 막을 찢어 버리고 나를 드러낸다. 나는 엘리베이터 문 앞에 선 프라이타크 옆에 모습을 드러낸다.

프라이타크는 어리둥절해서 잠시 나를 쳐다보더니 흐릿해지며 먼지처럼 사라진다. 로잘리에, 넌 건강해. 이왕 일이 이렇게 되었으니 다시 젊어져. 처음부터 시작하는 거야!

로잘리에가 대답하기도 전, 나는 다시 사라졌고 로잘리에는 덜컥거리며 아래로 내려가는 엘리베이터 안에 서 있다. 엘리베이터 거울을 들여다보던 로잘리에는 스무 살짜리 여성이 자신을 마주 보고 있는 이유를 이해하지 못한다. 약간 비뚤어진 치아, 숱이 적은 머리, 아주 가느다란 목에 결코 미인은 아니었지만 나로서는 로잘리에를 미인으로 만들 수는 없다. 다른 한편으로 생각하면 못 할 이유도 없지만! 그건 이제 이미 중요하지 않다.

고마워.

아. 나는 지쳐서 말한다. 아직 고맙다고 하기에는 일러.

로잘리에는 현관문을 열고는 이제는 아프지 않은 다리로 풀쩍거리며 뛰어내린다. 로잘리에의 옷이 독특해 보인다. 할머니처럼 차려입은 젊은 여성이라. 택시 운전사는 로잘리에를 못 알아보기 때문에 멈춰 세우지 못하고 결국 택시비를 받아 내지 못한다. 삼십 분이 지날 때까지 운전사는 여전히 기다리며 계속 돌아가는 요금미터기를 점점 걱정스럽게 지켜보다가 마침내 건물에 들어가 방방마다 문을 두드릴 것이다. 협회에서는 노부인이 오기로 되어 있었지만 약속을 지키지 않을 모양이라고 말할 것이다. 운전사는 욕하며 돌아갈 것이고, 이날 밤에는 아내가 차려 놓은 끔찍한 식사를 평소보다 더 과묵하게 먹어 치울 것이다. 운전사는 벌써 오래전부터 독약이나 칼, 아니면 손으로 아내를 죽일 생각을 하고 있었지만 정말 오늘 실행에 옮기기로 결정한다. 하지만 이건 또 다른 이야기다.

그럼 로잘리에는? 로잘리에는 성큼성큼 거리를 활보하며 여전히 기쁨으로 정신이 몽롱하다. 한순간 나는 내가 제대로 한 것처럼, 자비가 최선인 것처럼, 소설에 큰 무리를 주지 않은 것처럼 느낀다. 그러면서도 앞으로 누가 나를 위해 똑같이 해 줬으면 하는 불합리한 희망이 생기는 걸 부인할 수가 없다. 왜냐하면 로잘리에처럼 나 역시 다른 사람의 관심 없이는 아무것도 아니라는 걸, 다른 사람이 내게서 눈길을 거두는 즉시 절반만 진짜인 내 존재가 끝난다는 걸 상상할 수 없기 때문이다. 바로 지금, 내가 이 소설에서 최종적으로 손을 떼면 로잘리에의 존재는 그냥 사라진다. 한순간에. 단말마의 고통, 통증이나 변화의 과정을 겪지 않은 채. 특이하게 차려입은 젊은 여성은 놀라서 당황하다가 이제 공기 중에 잔물결로 퍼질 뿐이며, 그 모습은 잠시 머물다가 내 기억 속에서, 또 이 글을 읽는 당신 기억 속에서 희미해져 가는 추억이 될 것이다.

남은 게 있다면 비 오는 거리뿐이다. 두 어린아이의 비옷에 맺히는 빗방울, 저쪽에서 다리 한쪽을 치켜드는 개, 하품하는 하수구 청소부, 낯선 번호판을 달고 모퉁이를 도는 자동차 석 대. 자동차는 아주 멀리에서 오는 듯하다. 낯선 현실에서, 아니면 적어도 아주 완전히 다른 소설에서.

탈출구

　서른아홉 살 초여름, 배우 랄프 탄너는 스스로 존재하지 않는 사람이 되어 버렸다.
　어느 날부턴가 전화가 오지 않았다. 오랜 친구들이 랄프 탄너의 인생에서 사라졌고, 일 관련 스케줄은 아무 이유 없이 취소되었고, 랄프가 사랑했던 여자 중 한 명은 그가 전화로 자신을 심하게 조롱했다고 주장하고, 또 다른 여자인 칼라는 호텔 로비에 나타나 랄프 인생에서 최악의 장면을 연출했다. 칼라는 랄프가 세 번이나 자신을 바람맞혔다고 소리를 질렀다. 사람들은 그 자리에 멈춰 서서 히죽히죽 웃으며 구경했고, 몇몇은 휴대전화로 이 장면을 찍었다. 칼라가 온 힘을 다해 공격해 오는 순간, 랄프는 이 장면이 인터넷에 올라 자신의 최고작들의 명성을 단박에 뛰어넘으리라는 걸 알았다. 그 일이 있은 지 얼마 후, 랄프는 알레르기 때문에 셰퍼드를 남에게 주어야 했고, 차마 누구에게도 보여 줄 수 없는 그림을 그리며 근심 속에 갇혀 지냈다. 랄프는 중앙아시아 나비의 날개 무늬가 나오는 사진첩을 샀고, 직접 시계를 분해할 생각은 애당초 없으면서도 전문적인 시계 분해와 조립 방법에 관한 책을 읽었다.
　랄프는 하루에도 몇 번씩 구글에서 자기 이름을 검색해 오류투성이 위키피디아 기사를 수정하고, 각종 데이터뱅크의 배역 목록을 확인하고, 스페인, 이탈리아, 네덜란드의 토론 포럼에 올라온 글들을 힘겹게 번역했다. 포럼에서는 낯선 사람들이 랄프가 정말 몇 년 전 형과 갈라섰는지 논쟁을 벌이고 있었다. 랄프는 형을 결코 좋아하지 않았지만 자신의 인생에 어떤 의미를 주는 설명이라도 있을까 싶어 이들의 글을 꼼꼼히 읽었다.

랄프는 유튜브에서 자신과 상당히 그럴듯한 닮은꼴이 나오는 영상을 찾아냈다. 깜빡 속을 만큼 자신과 닮았고 목소리와 몸짓까지 자신과 진짜 거의 똑같았다. 바로 오른쪽에는 '랄프 탄너'와 관련된 비디오들이 제시되어 있었다. 영화 속 장면들, 인터뷰 두 건, 물론 호텔 로비에서 칼라와 찍힌 장면도 포함되어 있었다.

그날 밤, 랄프는 오랫동안 공들여 온 어떤 여자와 데이트를 했다. 하지만 여자의 맞은편에 자리를 잡는 순간, 갑자기 여자의 말에 집중할 수가 없었다. 다른 테이블에 앉은 사람들의 눈길과 쑥덕거림과 기웃거림이 평소보다 더 많이 랄프를 방해했다. 두 사람이 자리에서 일어나 술집을 나서는 순간, 한 남자가 다가오더니 늘 그렇듯 수줍음과 집요함이 뒤섞인 태도로 사인을 부탁했다.

"저는 닮은 사람일 뿐입니다." 랄프가 말했다.

남자는 못 믿겠다는 듯 랄프를 쳐다보았다.

"이게 내 직업이에요. 대리 역할을 하죠. 저는 닮은꼴이에요!"

남자는 길을 비켜 주었다. 잠시 뒤 여자는 택시 안에서 웃었는데 랄프의 대답을 무척 재치 있다고 생각했기 때문이다.

그날 밤, 랄프는 침대 옆의 뿌연 거울 속에서 두 사람의 벌거벗은 윤곽이 하나로 합쳐지는 걸 바라보면서 매끄러운 거울 저 안쪽으로 들어가고 싶은 열망에 사로잡혔다. 다음 날 아침, 여자가 옆에 누워 조용히 숨 쉬는 소리를 들었을 때 랄프는 낯선 사람이 방에 잘못 들어온 듯한 기분을 느꼈다. 그리고 그 낯선 사람은 이 여자가 아니었다.

랄프는 벌써 예전부터 사진을 찍히면 얼굴이 닳을지도 모른다고 의심해 왔다. 영화를 찍을 때마다 다른 사람이 생겨나는 게 과연 가능한 일일까? 완전히 성공적인 복제품은 아니지만 자기 자신에게서 뽑아낸 다른 누군가가 생긴다는 게? 랄프는 유명해진 이후 자신의 일부만이 남은 것처럼 느껴졌고, 자신이 원래 속했던 영화와 수많은 사진 속에 단독으로 존재하기 위해서는 그냥 죽어야 할 것 같았다. 그리고 이 몸뚱이, 여전히 호흡하고 배고픔을 느끼고 이런저런 이유로 여기저기 돌아다니는 몸뚱이는 마침내 더는 방해가 되지 못할 것이다. 스타와 별로 닮지 않은 몸뚱이로는. 스크린 속 랄프 탄너와 정말 비슷하게 보이기 위해서는 수많은 작업과 메이크업이 필요했고, 비용도 상당히 들었다.

랄프는 자신의 에이전트인 말자허에게 전화해 발파리소 영화제 참석을 취소하고는 '루프풀'이라는 변두리 디스코장으로 향했다. 그날 이곳에서 유명한 배우의 닮은꼴들이 출연한다고 인터넷에서 보았다. 랄프는 운전사를 밖에서 기다리게 한 뒤 안으로 들어갔다. 아주 오랜만에 소심해지는 기분이었다. 누군가 입장료를 받으려 하다가 랄프의 얼굴을 보더니 그냥 들어가라고 손짓했다.

안은 덥고 숨 막혔고 조명이 현란하게 번쩍거렸다. 저쪽 바에는 톰 크루즈를 닮은 남자가 서 있었고, 홀 맞은쪽에는 아널드 슈워제네거가 사람들 사이로 길을 헤치며 지나갔고, 물론 싸구려로 몸치장을 한 다이애나 비도 있었다. 사람들이 랄프를 돌아보았지만 특별한 관심 없이 슬쩍 쳐다볼 뿐이었다. 이제 다이애나가 연단에 올라가 「해피 버스데이, 미스터 프레지던트」를 불렀다. 뭔가 착각한 게 분명했지만 사람들은 좋다고 소리를 질러 댔다. 어떤 여자가 랄프에게 미소 지었다. 랄프는 여자의 눈길에 응답했다. 여자가 가까이 다가왔다. 랄프의 심장이 두근거렸고, 무슨 말을 해야 할지 몰랐다. 이미 여자는 랄프 옆에 섰고 두 사람은 댄스 무대로 나갔는데, 여자가 랄프에게 몸을 바싹 붙였다.

곧이어 랄프는 연단 위에 서 있는 자신을 발견했다. 사람들이 랄프를 쳐다보았고, 랄프는 「달에 사는 사나이」에서 앤서니 홉킨스와 나눴던 자신의 유명한 대사를 읊었다. 앤서니의 대사는 아주 잘 해냈지만 자신의 대사에서는 미적거렸다. 사람들은 박수를 치며 소리를 질러 댔고 랄프가 다시 댄스 무대로 뛰어 내려가자 함께 춤추던 여자가 랄프 귀에 대고 자기 이름은 노라라고 말했다.

디스코장 사장이 랄프 어깨를 톡톡 치며 50유로를 건넸다.

"썩 훌륭하진 않았지만 그런대로 괜찮았네. 탄녀는 말투가 다르고 손동작은 대충 이런 식이지."

사장이 시범을 보였다.

"자네가 랄프와 비슷하게는 생겼지만 태도는 아직 한참 멀었어. 영화를 좀 더 많이 보게! 다음 주에 다시 와."

여자와 함께 거리로 나온 랄프는 깜짝 놀랐다. 여자를 집으로 데려갈 수 없다는 생각이 퍼뜩 들었기 때문이다. 여자가 랄프의 집과 고용인들을 보게 되면 랄프 스스로 주장하는 그 사람이 아니라는 걸, 아니 바로 그 랄프라는 사실을 알게 될 것이다. 랄프는 자신을 기다리는 운전사를 못 본 척하며 택시를 손짓해 부르면서 형이 집에 놀러 와 있다고 둘러댔다. 여자는 집을 치워 놓지 않았다고 말했는데, 한눈에 딱 봐도 랄프의 말을 믿지 않고 유부남으로 생각하는 게 틀림없었다.

아주 말끔하고 작은 여자의 집에서 랄프 탄너는 인생에서 가장 멋진 밤을 보냈다. 랄프는 자신이 아닌 다른 사람이 되어 노라의 몸을 껴안았고, 지금껏 가져 본 적 없는 힘으로 여자를 이리저리 내둘렀다. 이른 새벽에 여자는 랄프의 목덜미를 어루만지며 굉장했다고 말했다. 이미 수많은 여자들이 랄프에게 그렇게 말했지만 랄프는 진심으로 그렇게 말한 여자가 없다는 걸 알았다.

다음 날 랄프는 여자 집에서 멀지 않은 곳에 마티아스 바그너라는 이름으로 가구가 딸리고 통풍이 잘되는 방을 하나 얻었다. 집주인이 깜짝 놀라 랄프를 쳐다보았지만 랄프는 부업으로 닮은 꼴 배우로 일한다고 설명했고 그걸로 충분했다. 일주일 내내 랄프는 그 집 아니면 노라 집에서 지냈고, 다른 사람의 시선을 느끼지 않고 거리를 이리저리 쏘다니는 현실을 즐겼다. 이미 그 동네에서는 랄프의 신분과 직업에 관한 소문이 나돌았기 때문이다.

다음번에 루프풀에 출연했을 때 랄프는 좋은 인상을 주지 못했다. 연단에 서서 준비해 간 글을 읽으면서 랄프는 갑자기 패배감을 느꼈다. 뭔가 잘못되었고, 랄프는 경련이 일면서 목소리는 억눌린 것처럼 나왔다. 영화에서 손동작을 어떻게 했는지 기억을 떠올리려 애쓰는 동안 랄프는 원래 어땠는지, 어떤 생각과 느낌을 가졌었는지 떠오르는 대신 스크린에 비친 자신의 모습만 보였다. 랄프는 관중의 관심이 자신을 비껴간 걸 느꼈고, 배우의 본능만이 어서 공연을 끝내라고 강요했다.

그때 랄프는 또 다른 랄프 탄너 닮은꼴이 와 있는 걸 보았다. 유튜브를 통해 이 남자가 상당히 완벽한 경지에 이른 걸 랄프도 알았지만 직접 보니 닮은 정도가 더 놀라웠다. 남자의 악수는 단단했고 눈길은 예리했는데, 랄프는 자신의 눈빛이 이렇다는 걸 스크린을 보고야 알았다. 키가 크고 어깨가 떡 벌어진 이 남자는 힘, 확고부동함, 용기로 빛났다.

"일을 시작한 지 아직 얼마 안 되는군요." 남자가 말했다.

랄프는 어깨를 으쓱했다.

"저는 랄프 탄너의 두 번째 영화부터 일을 시작했어요. 처음에는 부업으로 시작했죠. 그때만 해도 펀드회사에 다녔거든요. 랄프 탄너가 상승세를 타면서 저는 회사를 그만뒀어요." 남자는 눈을 가늘게 뜨고 랄프를 쳐다보았다. "이제 본업으로 삼을 건가요? 오랜 연습이 필요하죠. 아주 힘들어요. 한 인간을 모사하려면 그 사람으로 살다시피 해야 해요. 거리를 걸으면서 난 종종 나도 모르게 랄프 탄너처럼 행동해요. 랄프 탄너로 살아가는 거죠. 그 사람처럼 생각하고, 때로는 며칠씩 그 역할에 빠져 살아요. 내가 랄프 탄너인 셈이죠. 그러려면 몇 년이 걸려요."

루프풀의 사장은 이번에는 랄프에게 30유로만 주려고 했다. 특별한 것도 없었고 닮은 점도 별로 없었다는 거였다.

순간 랄프의 마음속에서 분노가 치밀어 올랐다. 랄프가 사장 얼굴을 쳐다보았을 때 사장은 수십 편의 랄프 탄너 영화에 나온 바로 그 눈빛을 실제로 랄프에게서 본 게 틀림없었다. 사장은 뒷걸음쳤고, 발끝만 내려다본 채 알아들을 수 없는 소리를 중얼거렸다. 사장의 손이 주머니에 쏙 들어갔고 랄프는 곧 지폐 한 장이 더 나올 거라고 생각했다. 하지만 그때 랄프는 힘이 빠지면서 분노가 잦아드는 걸 느꼈다. 사장은 랄프가 아직 초보라고 말했다.

"알았어요." 사장은 랄프에게 불신의 눈길을 보냈다. 사장은 주머니에서 빈손을 꺼냈다.

"더 노력할게요." 랄프가 말했다. 이 말의 어떤 부분이 랄프 마음에 들었다. 마침내 랄프가 자유로워졌다는 걸 증명하는 말이 아닐까?

아니야. 마티아스 바그너의 집으로 돌아가는 전차 안에서 랄프가 생각했다. 물론 이 말이 꼭 자유로워졌음을 증명하지는 못했다. 자기 관찰은 인성을 혼란스럽게 만들고, 의지를 꺾고, 정신력을 무너뜨린다는 사실을 보여 줄 뿐이었다. 어떤 인간도 곁에서 자세하게 들여다보면 스스로 닮은 사람이 없다는 걸 증명해 준다. 랄프는 다음 정거장에서 전차에서 내려 택시를 잡아타고 자기 집으로 갔다.

집에 오자 랄프는 하인 루트비히에게 거품 목욕을 준비해 달라고 부탁하면서, 그동안 휴대전화에 저장된 메시지를 듣기로 했다. 하지만 메시지는 한 건도 없었다. 랄프를 찾는 사람이 아무도 없었던 모양이었다. 마치 다른 누군가가 랄프의 용무를 계속 처리해 나간 것처럼 말이다.

그다음 날 랄프는 불안하고 멍한 상태로 지냈다. 랄프의 가장 친한 친구이자 실패한 연극배우인 모그롤이 뜻밖에 약물을 과다 복용했다. 고의인지 실수인지는 아무도 몰랐다. 모그롤은 사전에 알리지도 않았고, 랄프와 대화도 없었고, 작별의 말을 남기지도 않았다. 랄프는 이해할 수가 없었다.

랄프의 개인 트레이너는 여느 수요일과 마찬가지로 랄프에게 엎드려뻗쳐를 시키며 복근 운동을 더 많이 할 필요가 있다고 설명했다. 다음 영화에서는 셔츠를 벗는 장면이 있는데 이젠 더 이상 젊지 않으니 웃음거리가 되지 않도록 노력해야 한다고 했다.

랄프는 자신에 관한 새로운 글이 있는지 영화 포럼을 확인해 보다가 어느 포스팅에서 랄프의 머릿속에는 쓰레기만 들어차 있고 짐승처럼 추하다는 글을 읽자 당장 그만두었다. 도대체 누가 왜 이런 글을 쓰는 걸까? 랄프는 에이전트와 통화한 뒤 브랑크너 감독에게 전화했다가 비굴한 브랑크너의 태도에 당황했다. 랄프는 브랑크너가 자신을 대단치 않게 여기지만 랄프의 출연 승낙 없이는 영화가 투자를 받을 수 없어서 무조건 자신을 필요로 한다는 걸 알았다. 랄프는 대화 도중에 전화를 끊었다. 랄프는 잠시 미구엘 아우리스토스 블랑코스의 『평화여, 우리 안에 깊이 머물라』를 훑어본 뒤 집 안을 왔다 갔다 하다가 기다란 크리스털 화병들에 꽂힌 꽃을 바라보았다. 크리스털 화병들이 느닷없이 온 집 안에 여기저기 놓여 있었다. 랄프는 꽃을 좋아하지 않았고, 화병들이 어떻게 집에 놓이게 되었는지 몰랐다. 루트비히가 마음대로 화병을 구입한 걸까? 루트비히는 서서히 늙어 가면서 괴벽스러워졌다. 랄프는 잠깐 벽 거울 앞에 서서 자신의 얼굴 표정이 시시각각 낯설어지는 모습을 지켜보았다. 그런 다음 랄프는 빌라를 떠났다.

랄프는 마티아스 바그너 집이 있는 거리에 이르자 심호흡을 했다. 그곳에는 슈퍼마켓이 있고, 그 옆에는 신문 판매소가 있었다. 계단에서는 음식 냄새가 풍겼다. 뚱뚱한 여성이 랄프에게 냉랭하게 인사했다. 방은 잃어버린 고향처럼 랄프를 맞아 주었다.

랄프는 텔레비전을 보며 맥주를 병째 마셨다. 뉴스 앵커가 전쟁, 극동 지역, 장관의 방문, 내일의 날씨를 전해 주었다. 가정주부가 알록달록한 테리천 타월을 치켜들었고, 그다음에는 무슨 영문인지 코끼리 한 마리가 초원 위를 내달렸다. 그다음에는 랄프 탄너가 대도시 도로로 자동차를 몰면서 조수석의 금발 여성과 이야기를 나누는 장면이 나왔다.

"때가 왔어. 모든 사람들이 먼지가 되어 버릴 거야!"

"우리가 막을 수 있을지도 몰라." 여성이 말했다.

곧이어 연속적인 폭발이 일어났다. 자동차 한 대가 공중에 붕 떠오르고, 석유 굴착용 플랫폼이 폭발하면서 화염이 그림처럼 바다 위로 번져 나가고, 직격탄을 맞은 고층 건물의 유리 파편들이 소용돌이치며 햇살에 반짝거렸다. 그러면 다시 랄프 탄너의 얼굴이 나오면서 그 아래로 검정 바탕에 이런 글씨가 뜬다.

'「불과 칼」, 지금 극장에서 만나 보세요.'

무슨 멍청한 소리란 말인가, 랄프가 생각했다. 정말 창피하다.

그제야 랄프는 영화 촬영을 한 기억이 없다는 사실이 떠올랐다. 이 영화에 대해 전혀 들은 게 없다는 것도.

랄프는 한동안 채널을 이리저리 돌렸지만 영화 예고편은 더 나오지 않았다. 랄프는 아래로 내려가 길 건너편 인터넷 카페로 들어갔다. 주인은 이미 랄프를 알아보고는 미소를 지으며 컴퓨터로 안내했다.

「불과 칼」은 아이엠디비닷컴에 올라와 있었다. 지난주에 벌써 신문에서 아주 부정적으로 다뤄진 게 분명한 이 영화는 이미 위키디피아에도 글이 올라가 있었다. 누군가 무비토크 포럼에 탄너의 대단한 연기력을 칭찬하는 글을 올렸다. 그러면서도 랄프 탄너가 왜 이런 영화에 출연했는지 의문을 제기했다. 돈이 필요했기 때문일 거라고 누군가 댓글을 달았다. 처신하는 걸 보면 놀라운 일도 아니라고. 세 번째 사람은 탄너가 요즘 로스앤젤레스에 머물고 있다고 했고, 네 번째 사람은 영화 홍보차 중국에 있다고 반박했다. 이 사람은 링크도 걸어 두었는데 랄프가 링크를 클릭해 보니 중국 신문의 인터넷판이 나왔다. 커다란 사진에는 랄프 탄너가 중국 관리 두 명과 활짝 웃으며 악수하는 모습이 나왔다. 랄프가 모르는 사람들이었고, 랄프는 한 번도 중국에 가 본 적이 없었다. 랄프는 인터넷 이용료를 지불한 뒤 밝은 오전 햇살 속으로 비틀거리며 나왔다.

「불과 칼」이라고? 노라는 당연히 이 영화를 봤다고 말했다. 재미있게 봤다고. 비평가들이 뭐라고 말하든 상관없다고. 노라는 한숨을 지었다. 노라는 열세 살 때부터 랄프 탄너를 흠모해 왔다고 했다. 탄너가 나오는 영화는 모두 봤다고 했다.

"그게 이유야? 내가 랄프 탄너를 닮았다는 게?"

"아, 당신은 랄프 탄너를 별로 안 닮았어. 다른 사람의 닮은꼴을 하는 게 낫겠어. 당신은 멋져, 하지만…… 랄프 탄너는 아니야."

랄프의 눈길이 벽 거울로 향했다. 거울 속에는 노라가 있고 랄프가 있었다. 갑자기 랄프는 어느 쪽이 진짜이고 어느 쪽이 반사된 모습인지 아리송했다. 랄프는 노라의 머리를 어루만지며 당혹감을 감추기 위해 뭐라고 중얼거린 뒤 계단을 내려와 전차 정거장으로 향했다.

전차 속에서는 아무도 랄프에게 관심을 기울이지 않았다.

랄프는 무의식적으로 유리창에 자신의 모습을 비춰 보려 했지만 뜻대로 되지 않았다. 쇼윈도는 물론이고 자신의 모습을 비춰 볼 만한 곳이 어디에도 없는 듯했다. 도로가에서「불과 칼」영화 플래카드가 두 개 보였다. 숨을 헐떡이며 빌라 정문 앞에 이르렀을 때에야 호주머니가 텅 비었다는 걸 깨달았다. 흥분하다가 열쇠를 잃어버린 게 틀림없었다. 랄프는 초인종을 눌렀다.

"나야." 랄프가 마이크에 대고 소리쳤다. "좀 일찍 돌아왔네."

"누구시죠?"

랄프는 침을 꿀꺽 삼켰다. 그러고는 어느 모로 보나 쓸데없는 대답이란 걸 알면서도 다시 반복했다.

"나야."

스피커가 꺼졌다. 잠시 뒤에 현관문이 열렸다. 루트비히가 나와 발을 질질 끌며 잔디를 가로질러 왔다. 루트비히가 격자 울타리에 몸을 기대자 주름진 얼굴이 창살 사이로 보였다.

"나야." 랄프는 세 번째로 말했다.

"누구시죠?"

루트비히가 추상적인 철학 문제를 토론하려는 게 아니라 자신을 못 알아본다는 사실을 이해하기까지 랄프는 잠시 시간이 필요했다.

"랄프 탄너야!"

"주인님이 놀라시겠군요."

"좀 일찍 돌아왔네."

"주인님은 벌써 집에 와 계십니다. 그만 가 주십시오." 루트비히가 말했다.

"여긴 내 집이야!"

"경찰을 부르겠습니다."

"자신이 랄프 탄너라고 주장하는 사람과…… 내가 이야기 좀 할 수 있겠나?"

"그건 당신이잖아요."

"뭐라고?"

"자신이 랄프 탄너라고 주장하는 사람은 당신이라고요."

"그럼…… 랄프 탄너하고 이야기 좀 해도 되겠나?"

루트비히는 슬쩍 웃음기를 머금고 랄프를 쳐다보았다. "랄프 탄너는 아주 유명한 배우입니다. 수백 명의 사람들이 만나고 싶어 하죠. 전화기도 계속 울려 대고요. 주인님이 자신과 닮은 사람을 얼씨구나 반가워하면서 일손을 놓고 당신과 수다를 떨 것 같습니까?"

"루트비히, 자넨 내가 누군지 알 게 아닌가!"

"내 이름을 아시는군요. 축하합니다. 그럼 나를 고용하신 게 언제인지도 아시겠군요?"

 랄프는 이마를 문질렀다. 이 질문은 또 뭐란 말인가? 랄프는 너무 당황해서 기억해 낼 수가 없었다. 랄프에게는 루트비히가 옛날부터 늘 곁에 있었던 것 같았다. 루트비히의 늘 실망한 듯 냉담한 얼굴이 랄프의 일생을 내내 동반한 것 같았다. "다른 사람과 좀 이야기할 수 있겠나? 말자허한테 전화해서 날 좀 바꿔 주겠나?"

 "여보세요, 이렇게 합시다. 물론 그렇게 할 수 있습니다. 당신은 집 안을 발칵 뒤집어 놓을 수 있어요. 랄프 탄너가 직접 나오도록 할 수도 있습니다. 그래서 뭘 얻겠다는 거죠? 비웃음, 조롱, 경찰과의 무척 불쾌한 대면이겠죠. 계속 이렇게 나오시면 소송당하실 겁니다. 이건 스타와 관련된 일입니다. 관대하게 넘어갈 수 없는 문제죠. 랄프 탄너는 자신을 보호해야 합니다. 랄프 탄너가 당신 인생에 중요한 역할을 한다는 거 압니다. 당신은 탄너의 영화를 모두 알고, 당신은 탄너와, 또 탄너는 당신과 평생 동행하겠죠. 이보다 더 좋은 관객은 있을 수 없겠지만, 당신은 지금 넘어서는 안 되는 한계에 와 있습니다. 그만 집으로 돌아가세요. 난 이미 늙었고 많은 걸 경험했습니다만, 사람들이 불행해지는 걸 원치 않습니다. 당신은 좋은 사람 같아 보여요. 정신 차리십시오!"

 랄프는 현기증이 났다. 랄프는 입을 벌렸다가 다시 다물었다. 숨을 들이마시고 다시 내뱉었다. 랄프는 태양을 보며 눈을 깜박였다.

 "어디 안 좋으십니까? 물 한잔 드릴까요?" 루트비히가 물었다.

 랄프는 고개를 저으며 뒤돌아 천천히 그곳을 떠났다. 랄프 주변으로 빌라, 덤불, 높은 정원 울타리가 둘러쳐져 있었다. 태양은 낮게 떠 있었다. 금방 잔디 깎은 냄새가 풍겨 왔다. 랄프는 걸음을 멈추고 바닥에 주저앉았다.

무슨 일이 일어난 걸까? 사기꾼이 랄프의 자리를 꿰찬 걸까? 루프풀에서 만난 닮은꼴인지도 모른다. 그 닮은꼴이 랄프를 간파하고는 그 순간을 이용해서 랄프를 마티아스 바그너, 관객, 닮은꼴, 팬의 역할로 완전히 몰아냈는지도 모른다. 자신과 비슷하게 생긴 우상의 존재에 너무 몰두한 나머지 자신의 진짜 존재와 혼동한 남자의 역할로. 랄프는 그런 생각이 들었다. 이런 기사를 신문에서 읽은 적이 있었다. 랄프는 생각에 잠긴 채 신분증을 꺼내 인쇄된 이름을 처음 보듯 읽어 보고는 다시 집어넣었다.

랄프는 눈을 들어 보았다. 거리 맞은편에서 정원 문이 열렸다. 루트비히와 말자허가 밖으로 나왔고, 두 사람 사이에는 키가 크고 힘이 넘치는 랄프 탄너가 있었다.

랄프는 자신의 몸매가 이렇게 멋졌었는지 기억이 나지 않았다. 랄프를 자신의 인생에서 몰아낸 게 누군지 몰라도 완벽하게 해냈다. 그는 진짜 랄프 탄너였고 탄너의 존재에 적합한 자가 있다면 그건 바로 저쪽에 있는 저 남자였다. 얼마나 품위 있고, 얼마나 카리스마 넘치는가. 자동차가 한 대 와서 멈추자 랄프 탄너는 문을 열고 운전사에게 고개를 끄덕이며 자동차 뒷좌석으로 사라졌다. 말자허가 랄프 탄너를 따라 차에 올라타자 루트비히가 정원 문을 닫았다.

자동차가 지나가자 마티아스 바그너는 그 자리에서 벌떡 일어서서 몸을 숙여 보았지만 자동차 유리에 코팅이 되어 있어서 자기 모습만 비칠 뿐이었다. 자동차는 이미 지나갔고 모퉁이를 돌더니 시야에서 사라졌다.

랄프는 주머니에 손을 넣고 천천히 거리를 걸었다. 그러니까 랄프는 탈출구를 찾은 셈이었다. 랄프는 자유의 몸이 되었다.

랄프는 어느 버스 정류장에서 멈춰 섰다가 생각을 바꿔 계속 걸어갔다. 지금은 버스를 탈 기분이 아니었다. 스타와 닮은 사람이 대중교통을 이용하는 건 늘 신기했다. 사람들은 힐긋거리고 아이들은 멍청한 질문을 해 대고 휴대전화로 사진을 찍어 댔다. 종종 재미있기도 했다. 때로는 다른 사람이 된 것 같은 기분이 들 때도 있다.

동양

　이곳이 덥다는 걸 여자가 어떻게 알았겠는가? 여자가 상상 속에서 본 풍경은 눈에 덮인 스텝 지대였다. 스텝 지대 위로 부는 얼음 바람, 휘몰아치는 눈발, 천막 앞의 유랑민들, 야크, 별이 쏟아지는 하늘 아래 한밤의 캠프파이어. 하지만 실제로는 공사장 냄새가 났고 자동차들은 경적을 울려 댔고 태양은 이글이글 타올랐다. 여자의 머리 주변으로 파리 한 마리가 윙윙거렸다. 현금 지급기는 어디에도 보이지 않았다. 어제 거래 은행의 창구 여직원이 웃었다. 그런 화폐는 취급하지 않으니 현지에서 환전해야 한다고 했다.
　여자는 이제 기름 냄새 풍기는 이곳에 서 있다. 밤새 끝도 없는 비행을 한 후였다. 비행기 옆자리에는 몸집이 거구인 남자가 앉아서 내내 코를 골았다. 남자의 손이 여자의 허벅지에 떨어질 때마다 여자는 도대체 왜 대신 여행을 가겠다고 했는지 자신에게 물었다. 하지만 여자는 까마득히 먼 지구 저편이 궁금해서 단호하게 승낙했더랬다.
　그러고 나서 얼마 후 비행기 티켓이 우편으로 왔다. 형편없는 영어로 적힌 동봉된 편지에는 금박 인장이 찍혀 있었는데 날아가는 새, 아니면 일출, 아니면 모자를 쓴 남자 그림 같았다. 그다음에는 대사관에 가야 했다. 대사관은 외곽의 방 세 개짜리 임대 주택으로 제복 차림의 남자가 여자의 여권에 비자 스탬프를 말없이 찍어 주었다.

이제 여자의 머리는 땀범벅이 되어 있었다. 여자는 터미널의 더러운 유리 벽에 자신의 모습을 비춰 보았다. 무척 지친 사십 대 중반의 작고 포동포동한 여자가 보였다. 여자는 점점 호기심이 생겼지만 부담감을 극복하기는 힘들었다. 마음 같아서는 집에 돌아가 시원한 서재에 앉아 정원이 내다보이는 창가에서 차를 한잔하고 싶었다. 그러면 아이디어가 떠오르면서 여자는 집중했고, 그다음에는 여자의 작품에 등장하는 우울한 형사인 레글러 경감이 풀어야 할 복잡한 비밀들을 생각해 내는 경지에 이르렀다. 여자가 쓴 범죄 소설은 잘 팔렸고, 독자들에게서 편지도 많이 받았다. 여자는 남편을 사랑했고, 남편도 여자를 사랑했다. 여자의 인생은 아무 문제가 없었다. 그런데 정말 이런 여행을 감행해야 했을까?

손 하나가 여자의 어깨에 올라가자 여자는 깜짝 놀라 뒤돌아보았다. 옆에는 얼룩진 양복 차림의 남자가 서 있었다. 남자의 손에 들린 마분지에는 여자의 이름이 비뚤비뚤한 글씨로 적혀 있었다.

"네, 저예요!"

남자는 여자에게 따라오라고 손짓했다. 여자는 여행 가방을 남자에게 넘기고 싶었지만 남자는 이미 몸을 돌렸고, 여자는 남자를 따라가야 했다. 두 사람은 사람들이 소리를 질러 대고 자동차가 경적을 울려 대는 거리를 건넜다. 길을 다 건넜을 때 여자의 치마는 온통 진흙으로 얼룩져 있었다. 자동차는 주차장 두 칸을 가로질러 세워져 있었고, 보닛이 찌그러진 차는 상자들로 가득 차 있었다. 트렁크도 상자로 가득한 데다 뒷좌석도 마찬가지였으며, 조수석 앞에까지 상자가 놓여 있어서 여자는 발을 든 채 가방을 무릎 위에 올려놓고 꽉 붙들고 있어야 했다. 여자는 남자가 무엇을 운송하는지 궁금했다. 여자가 안전벨트를 매려고 하자 남자는 욕을 하며 고개를 세차게 흔들었는데 자신의 운전 실력을 모욕한다고 생각한 게 분명했다.

남자는 운전하는 내내 작은 소리로 혼잣말을 했다. 한번은 브레이크를 세게 밟더니 창문을 내리고는 도로에 침을 뱉었다.

"당신 사업."* 그러더니 남자가 말했다. "왜 죽여?"

여자는 못 알아듣겠다는 의미로 미소를 지었다.

"몽땅." 남자가 말했다. "거품. 트럭?"

여자는 어깨를 으쓱했다.

"절뚝." 남자가 말했다. "절뚝 기름. 왜?"

여자는 경련을 일으키며 미소 지었다.

"왜?" 남자는 유리창을 톡톡 두드렸다. "기름, 절뚝절뚝 왜!"

여자가 손을 들고 고개를 흔들었지만 이는 남자의 화를 더 돋울 뿐이었다. 남자는 여기저기를 가리키며 계기판을 두드려 대고 소리를 질렀는데 교통 상황을 거의 아랑곳하지 않는 듯했다. 마침내 남자는 고층 빌딩 앞에 차를 세웠다. 제복 차림의 수위가 유리문에 기대어 있었고, 수위 위로는 깃발이 바람에 펄럭였다. 호텔이었다. 두 사람은 차에서 내렸다.

뿌연 하늘에는 공사장 크레인들이 비죽 솟아 있었다. 바닥에는 함석 깡통, 구부러진 철사 조각, 유리 조각들이 깔려 있었다. 수위

---

* 이하 고딕체로 표시한 말들은 원문에 영어 단어들이 파편적으로 나열되어 있다.

가 문을 열자 여자는 안으로 들어갔다.

로비는 대리석으로 꾸며져 있었고 중앙에 놓인 분수에서는 물줄기가 뿜어져 나왔다. 안내 데스크에 있는 여직원은 영어를 할 줄 몰랐다. 운전사가 여직원에게 잠시 뭐라고 말하고 나자 여직원이 말없이 열쇠를 건네주었다.

어쨌든 방은 지낼 만해 보였다. 침대는 부드럽고 깨끗했고, 수돗물도 나왔다. 창밖으로 고층 건물과 공장 굴뚝 여남은 개가 보였다. 여자가 막 가방을 풀려는 순간 전화가 울렸다.

"내려와요. 지금!" 서툰 영어의 여자 목소리가 들렸다.

여자는 질문을 하고 싶었지만 전화는 벌써 끊겼다. 여자는 땀에 젖은 블라우스를 벗고 새 블라우스로 급하게 갈아입고는 습관처럼 수첩을 집어 들고는 삐걱거리는 엘리베이터를 타고 아래로 내려갔다.

로비에는 수많은 남녀들이 접이의자에 반원형으로 앉아 있었다. 한가운데는 유니폼을 입은 여자가 서 있었다.

"내가 마지막인가요?"

유니폼을 입은 여자는 누구냐고 물었다.

"마리아 루빈스타인. 내 이름은 마리아 루빈스타인이에요!"

유니폼을 입은 여자가 종이를 들여다보더니 고개를 저었다.

"레오 리히터 대신 왔어요. 그 사람의 비행기 티켓을 받았죠. 내가 대신 온 거예요."

레오 리히터. 유니폼을 입은 여자가 말했다. 그 사람 이름은 목록에 있다고 했다!

"그 사람은 안 와요. 내가 그 사람 대신 왔어요."

유니폼을 입은 여자가 거부하는 손동작을 해 보였는데 외국인들의 머릿속에는 도대체 무슨 생각이 들었는지 모르겠다고 말하려는 게 분명했다. 여자는 빈 의자를 가리켰다. 마리아가 자리에 앉자 여자는 짤막한 연설을 했다. 세계 각지의 최고의 여행 저널리스트들로 구성된 훌륭한 대표단이 이 나라의 아름다움을 전 세계에 알리도록 자기네 정부의 초대를 받아 이곳에 왔다고 했다. 이들에게는 모든 것이 빠짐없이 제공될 것이며, 원하는 건 모두 들어줄 거라고 했다. 부통령도 만나게 되고 축하 행사도 끝없이 펼쳐질 거라고 했다. 하지만 일단은 환영 만찬 순서였다!

유니폼을 입은 여자는 일행을 옆에 딸린 홀로 안내했다. 기다란 식탁에는 식은 감자가 담긴 사발들이 놓여 있었다. 그 사이사이에는 기름진 고기와 마요네즈가 담긴 접시들이 있었다.

마리아가 얼른 확인한 바에 따르면 이 자리에는 여행 저널리스트가 한 명도 없었다. 편집국에서 아무도 오려고 하지 않아 대신 온 실습생 셋, 문화부장이 둘 있었다. 그 외에도 《라 리퍼블리카》의 학술부장과 야생 조류에 관해 《옵서버》에 글을 기고한 친절한 신사도 와 있었다. 한 중년 여자는 퇴직하기 전에 독일의 국영 라디오방송국인 도이칠란트풍크에서 근무했으며, 그녀의 여자 동료는 집이 수리에 들어갔다는 이유로 함께 왔다. 식사가 끝나자마자 마리아는 자러 갔다.

마리아는 잠을 설쳤다. 멀리서 들리는 기계 소음에 계속 잠을 깼다. 두통이 심해 일어나 보니 휴대전화의 충전기를 안 챙겨 온 사실을 깨달았다. 우울해진 마리아는 남편에게 문자 메시지를 보냈다.

'보고 싶어.'

답장은 오지 않았다. 마리아는 모든 것에서 혼자 외떨어진 느낌이 들었다.

마리아는 로비에 가서 충전기가 있는지 물었다. 데스크 여직원은 말없이 마리아를 쳐다보기만 할 뿐 전혀 이해하지 못했다. 동료들이 한 사람씩 모습을 드러냈다. 대부분은 창백했고 다들 잠을 설쳤다.

"이놈의 마요네즈. 빌어먹을 것!" 《옵서버》에 글을 기고한 남자가 말했다.

버스가 이들을 태우고 울퉁불퉁한 도로 위를 두 시간 동안 달렸다. 마리아가 반쯤 졸다가 깨어나 보니 공장 건물 앞에 와 있었다. 노동자들이 줄을 서서 노래를 불렀다. 여행 가이드는 빈 컨베이어 벨트를 보여 주었다. 무엇을 만드는 곳인지 짐작이 가지 않았다. 한 여자가 비계가 두툼한 돼지고기를 접시에 내오자 모두 머뭇거리며 한 조각씩 집어 먹었다. 합창단이 다시 노래를 불렀고, 일행은 돌아왔다. 호텔에 도착했을 때는 이미 날이 어두워졌다.

이렇게 하루하루 지났다. 일행은 시멘트로 된 어두컴컴한 수영장에도 갔다. 물은 차가워 보였고 화학 약품 냄새가 났다. 《라 리퍼블리카》 남자가 수영해도 되는지 묻자 가이드는 절대 안 된다고 했다. 일행은 폐수 처리장을 방문했고, 질퍽한 미개척지에 세워진 석유 시추 탑에도 갔다. 대형 제과점에도 갔고, 80년 전에 유랑민들의 천막 주거지가 있던 곳도 방문했다. 예전에 유랑민들이 이 곳을 칼, 곤봉, 채찍으로 폐허로 만들어 버렸다고 가이드가 말했다. 이들은 말을 타고 다니면서 여자들을 욕보였고 들판에 불을 질렀지만, 곧 이들에 대한 처절한 응징이 이루어져 마지막 남은 한 사람까지 싹 쓸어 버렸다고 했다. 일행은 국회 건물도 방문했는데, 모두 같은 당에 소속된 수백 명의 의원들이 가슴에 손을 얹고 대통령 초상화를 바라보며 국가를 불렀다.

일행이 방문한 변전소는 어떤 이유에서인지 전기가 흐르지 않았다. 초등학교도 방문했는데 교복을 입은 어린이들이 교문 앞에 기다리고 있다가 태양이 이글거리고 파리 떼가 달려드는 가운데 두 시간 동안이나 옛 민요를 불러 주었다. 퇴직한 도이칠란트풍크 부장이 실신해서 버스로 실려 갔다. 노래는 한 시간 더 지속된 후에 여학생들 대표단이 직접 준비한 돼지고기와 마요네즈가 일행에게 제공되었다. 일행이 방문한 대학에서는 수염이 지저분한 교수가 국가의 미래 기회와 눈부신 전망에 관해 거의 알아듣지 못할 영어로 강의했다. 마리아가 알아들은 건 교수가 철강, 석유, 대통령에 관해 말했다는 것 정도였고, 열린 창문으로 암모니아 냄새가 풍기면서 공사장의 공기가 밀려 들어왔다. 교수의 강연이 끝나자 돼지고기가 나왔다.

일행은 스텝 지대도 갔다. 버스가 멈춰 서자 일행은 버스에서 내렸다. 이곳에는 아무것도 없었다.

풀밭은 살랑살랑 흔들거렸다. 하늘은 무척 높았고, 실구름이 두 가닥 걸려 있었다. 악취는 나지 않았고, 아무 냄새도 풍기지 않앉으며 공기는 깨끗했다. 가벼운 바람이 불어왔다. 평야는 지평선까지 뻗어 있었고 아무것도 가릴 것 없이 시야가 탁 트여 있었다. 새 한 무리가 나른하게 지나갔다. 잠자리 한 마리가 날아올라 윙윙거리며 원을 그리더니 다시 풀밭에 내려앉았다.

버스가 계속 달리는 동안에도 마리아는 여전히 제자리에 서 있는 기분이었다. 어디를 봐도 똑같은 풍경이었다. 아무것도 바뀌지 않았다. 마리아는 눈을 감았다. 마리아는 시끄러운 호텔보다 버스 안에서 더 달게 잤다.

그날 저녁 마리아는 휴대전화를 켜서 남편에게 전화를 걸었다. 여섯 번째 시도에서 통화가 이루어지더니 느닷없이 남편 목소리가 들렸다.

"아, 당신은 모를 거야." 마리아가 말했다.

"음식은?"

"아아."

"사람들은?"

"흐음."

두 사람은 잠시 침묵했다. 마리아는 남편이 이해했다는 걸 알았다.

"화분은?" 마침내 마리아가 물었다.

"날마다 물 주고 있어."

"쓰레기통은?"

"벌써 비웠지. 거기 아주 추워?"

"더워. 모기들 때문에 죽겠어!"

"아."

두 사람은 다시 침묵했고, 그러다가 마리아는 배터리를 아껴야 한다는 데 생각이 미쳤다. 휴대전화가 불통될 수 있다는 생각은 마리아를 불안하게 했다.

"곧 돌아갈게." 마리아가 말했다.

"모기 해결할 거 있어?"

"뭐라고?"

"모기약 말이야!"

"여긴 그런 거 없어."

"그럼……."

마리아는 남편이 무슨 말을 하려 했는지 끝내 듣지 못했다. 통화가 끊기면서 통화 중 신호음만 들렸다. 배터리는 거의 없었다. 마리아는 한숨을 지으며 휴대전화를 껐다.

다음 날이 여행 마지막 날이었다. 일행은 멀리 떨어진 스텝 지대의 작은 지방 도시로 이동했고, 이곳에서 이튿날 군용 공항으로 가기로 되어 있었다. 정부기가 일행을 중국으로 수송해 주면 이곳에서 집으로 돌아가는 노선 비행기를 탈 예정이었다.

일행은 건설 현장을 둘러보았다. 무엇을 짓는지 몰랐지만 한 사람씩 역겨운 냄새가 나는 흙을 삽에 가득 퍼서 흙더미 위로 던져야 하는 걸로 봐서 중요한 곳이 틀림없었다. 모두들 눈에 띄게 지쳤다. 몸무게가 줄어든 사람도 많았고, 얼굴이 창백해진 사람도 수두룩했다. 실습생 중 한 명은 이상한 여드름이 났고, 《라 리퍼블리카》의 부장은 다리를 삐었고, 도이칠란트풍크의 노부인은 두 손으로 머리를 받친 채 버스에 남아 있었다. 잠시 뒤에 일행은 또 다른 공사장으로 옮겨졌고, 이곳에서도 똑같은 일이 벌어졌다. 그다음에 방문한 군대 막사에서는 중대가 점호를 위해 도열해 있었다. 국가가 연주되었다. 깃발이 펄럭였다. 돼지고기와 마요네즈가 나왔다. 그러고 나자 벌써 저녁이 되었고 일행은 호텔로 향했다.

키가 작은 남자가 열쇠를 나눠 주었다. 마리아는 맨 마지막에 서 있었는데 마리아 차례가 왔을 때 남은 열쇠가 하나도 없었다. 누가 숫자를 잘못 센 것이다. 호텔 방은 다 차 버렸다.

여행 가이드가 데스크 직원에게 소리를 지르자 직원은 전화기를 들고 소리를 지르더니 전화를 끊었고, 다른 번호를 눌러 다시 소리를 지르고 전화를 끊더니 완고한 표정으로 가이드를 쳐다보았다.

"그럼 다른 사람과 같이 방을 써야겠군요." 마리아가 말했다.

"문제없어요. 나하고 같이 써요. 우린 어른이잖아요." 도이칠란트풍크 부인이 말했다.

그건 안 된다고 가이드가 말했다. 있을 수 없는 일이라고 했다. 이 나라에는 호텔이 많고, 모든 호텔이 다 훌륭하다는 거다!

그래서 마리아는 혼자 버스에 탔다. 버스는 30여 분간 어두운 거리를 이리저리 달리더니 높은 건물 앞에 멈췄다. 도로가에는 어린아이들이 어슬렁거렸다. 노파가 호박을 팔고 있었다.

이 호텔은 요즘 영업을 안 하지만 마리아는 예외여서 방을 하나 주겠다고 가이드가 말했다. 내일 아침 일찍 정확히 7시 25분에 도로에 서 있으면 버스가 와서 마리아를 태워 공항으로 갈 거라고 했다.

"확실해요?"

가이드는 무표정한 얼굴로 마리아를 쳐다보았다.

엘리베이터는 고장이 나서 수염 난 남자가 계단을 통해 마리아를 7층으로 안내했다. 어차피 호텔이 텅 비었다면서 왜 그렇게 높은 층에 올라가야 하는 걸까? 마침내 마리아는 숨이 차고 땀에 젖은 채 방에 도착했다. 화학 세정제 냄새가 났다. 옷장은 잠기지 않았고, 텔레비전은 작동되지 않았으며, 침대 시트는 구겨져 있었다. 벽에 걸린 종이에는 키릴 문자가 빽빽이 적혀 있었다. 뭐라고 적힌 걸까? 무슨 상관이야. 마리아가 생각했다. 오래 머물지도 않을 건데.

마리아는 한동안 잠들지 못한 채 천장을 바라보았다. 멀리서 자동차 소음이 들렸다. 마리아는 세 번이나 여행용 자명종을 확인했다. 정상인 것 같았지만 자명종이 울리지 않을까 봐 불안해서 잠들 수가 없었다.

다음 날 아침, 마리아는 벌써 7시 5분에 계단을 내려갔다. 로비에 여행 가방을 내려놓고 낡은 인조 가죽 의자에 자리를 잡았다. 아무도 보이지 않았다. 마리아는 기다렸다. 10분이 지나고 12분을 넘겼다. 15분. 마리아는 거리로 나갔다. 으스름한 새벽빛 속에 자동차들이 지나갔고 보행자는 보이지 않았다. 마리아는 다시 시계를 보았다. 7시 33분이었다. 그러더니 34분이 되었다. 여전히 34분이었다. 7시 40분이 되면서 마리아는 갑자기 경악했다. 45분. 50분. 55분이었다. 마리아는 휴대전화를 켰지만 누구에게 전화해야 할지 몰랐다. 긴급 상황을 위한 비상 연락망이 없었다. 그룹이 늘 함께 다녔기 때문에 비상 연락망 같은 건 아무도 생각하지 못했다.

진정해. 마리아가 생각했다. 진정해! 마리아가 없는 걸 사람들이 알아차릴 것이다. 다른 일행이 도움을 요청하고 비행기는 대기할 것이다. 마리아는 로비로 다시 돌아가 자리에 앉았다.

곧 마리아는 다시 자리에서 일어서서 거리로 나왔다. 마리아는 심장이 방망이질하는 가운데 두 시간 동안 거리에 서 있었다. 더워지기 시작했고, 더위는 머뭇거리듯 찾아오더니 점점 강렬해졌다. 점점 많은 사람들이 마리아 주변에 몰려들었고, 파리 떼도 하루를 시작했다. 마리아는 몇 번이고 호텔로 돌아갔지만 아무도 나타나지 않았고, 데스크는 여전히 텅 비어 있었으며, 외치고 두드리고 소리 지르는 것도 소용이 없었다. 어제 만난 수염 난 남자는 누구이며 지금 어디 있단 말인가? 그러다가 마리아는 다시 밖에 나가서 손목시계를 쳐다보았다.

정오경에 마리아는 방으로 올라갔다. 건물은 정말 텅 비어 있는 것 같았다. 오후가 되면서 마리아는 잠이 들었지만 곧 서늘한 불안감에 휩싸여 다시 잠을 깼다. 마리아는 잠시 창가에 서 있다가 탁자에 앉아 손가락으로 두드리다가 멍하니 벽을 쳐다보았다. 마리아는 욕실에 가서 조금 울었다. 다시 창가에 서서 날이 어두워지는 걸 지켜보았다. 다른 일행이 마리아가 없어진 걸 알아채지 못했거나 아니면 오직 자신들의 출발을 지연시키지 않으려고 뻔한 설명에 속아 넘어갔다는 게 가능한 일일까? 왠지 가능할 것 같았다. 마리아는 침대에 누웠다. 이제야 배가 고프다는 걸 깨달았다.

하지만 마리아는 자리를 뜰 수가 없었다! 일행이 마리아를 찾는다면 이곳으로 올 것이다. 마리아는 휴대전화를 켜서 남편에게 연락을 취해 보았다. 연결이 되지 않자 세 번 시도한 후에 남은 배터리를 다 써 버리지 않도록 다시 전화기를 껐다.

이상하게도 마리아는 꿈도 꾸지 않고 깊이 잠들었고, 잠에서 깨자 잠시 안정을 되찾고 기분도 가벼워졌다. 창문으로 햇살이 쏟아져 들어오면서 먼지 입자들이 춤추는 게 보였다. 그제야 정신이 들었다. 채찍을 맞은 것처럼 마리아는 충격에 휩싸였다. 급하게 옷을 챙겨 입었다.

한 시간을 수색한 끝에 마리아는 건물이 정말 텅 비어 있다는 걸 알아냈다. 마리아는 전 층을 돌아다니면서 소리쳐 부르고 문마다 두드렸다. 데스크 테이블 위의 전화는 작동하는 게 분명했지만 외국에 전화하려면 맨 먼저 몇 번을 눌러야 하는지 몰랐다. 어떤 번호를 눌러도 수화기에서는 동일한 날카로운 삑 소리만 났다. 세 시간이 더 흐르는 동안에도 아무도 나타나지 않자 마리아는 이곳을 떠나기로 결심했다. 자신을 도와줄 누군가를 찾아야만 했다.

더위는 전날보다 더 심했다. 곧 옷이 몸에 들러붙었고, 얼굴에는 땀이 줄줄 흘렀다. 굶주림으로 여행 가방도 못 들 정도로 힘이 없었다. 통조림과 비닐봉지에 든 둥글넓적한 빵이 잔뜩 진열된 가게에서 마리아는 케이크 한 조각과 생수 한 병을 사려고 했다. 계산대에 섰을 때에야 이 나라 화폐가 수중에 없다는 걸 깨달았다. 유로와 달러 지폐 몇 장과 신용 카드뿐이었다. 주인은 전부 거부했다. 마리아는 눈물이 났다. 마리아는 무력한 몸짓으로 10달러는 주인이 받아야 할 동전 몇 푼보다 몇 배나 많은 액수라고 설명하려 애썼다. 주인은 고개를 저었다. 마리아는 가방을 집어 들고 가게를 나왔다.

세 번째로 들어간 상점에서야 돼지고기가 든 둥글납작한 만두 세 개와 생수 한 병을 20달러를 주고 샀다. 마리아는 안도하며 벽에 기댄 채 먹고 마셨다. 금방 속이 거북해지면서 구역질이 났지만 속은 일주일 내내 안 좋았기 때문에 그리 불편하지는 않았다.

마리아는 다시 걸음을 옮기면서 사람들이 자기를 쳐다본다는 걸 알아챘다. 남자들은 마리아에게 장난스러운 눈길을 보냈고, 아이들은 계속 마리아를 가리키며 뭐라고 소리 지르다가 어머니한테 질질 끌려갔다.

마리아는 어느 경찰관에게 말을 걸었다. 경찰관이 마리아 쪽으로 고개를 돌리자 적대감에 찬 얼굴에 가늘게 뜬 눈이 보였다. 마리아는 영어, 프랑스어, 독일어로 말을 걸어 보려 했다. 심지어 오래전에 아리스토텔레스에 관한 대학 세미나에서 배웠던, 이제는 사라져 가는 고대 그리스어까지 써 보았다. 그러다가 팬터마임을 하며 두 손을 모아 애원하는 동작도 해 보였다. 마침내 경찰관이 손을 내밀며 뭐라고 말했다. 마리아가 알아듣지 못하자 경찰관은 다시 반복했다. 이렇게 몇 번 하다가 마침내 마리아는 여권을 보여 달라는 뜻인 걸 알아챘다. 경찰관은 여권을 받아 들고 들춰 보더니 마리아를 예리하게 쳐다보며 뭐라고 소리쳤지만 마리아는 알아듣지 못했다.

"날 좀 도와주세요!"

경찰관은 안달이 나서 마리아더러 따라오라고 손짓했다. 거리를 하나 지나자 작고 더러운 파출소가 나왔다. 경찰관은 아무 근거 없이 마리아의 여행 가방과 손목시계를 가져갔다. 마리아는 작은 방에서 탁자에 앉아 기다려야 했다.

오랫동안 아무 일도 일어나지 않았다. 벽시계는 멈춰 섰고 바늘은 움직이지 않았다. 마리아는 팔을 베고 엎드렸다. 시간이 멈춘 것 같았다. 마리아는 지루한 나머지 머리가 어질어질했다. 그러다가 어느 순간 문이 열리더니 제복을 입은 남자가 들어와 마리아에게 영어로 말을 걸었다.

"세상에, 드디어! 날 좀 도와주세요."

당신 여권은 오래되었다고 남자가 말했다.

"뭐라고요?"

여권 날짜. 오래되었다고.

마리아는 이해하지 못했다.

남자는 천장을 바라보며 적절한 단어가 떠오를 때까지 잠시 생각에 잠겼다. 마리아의 비자 기한이 만료되었다고 했다.

"물론이죠! 어제 출국했어야 했는데 날 데리러 오지 않았다고요."

비자 없이 이곳에 있을 수 없다고 했다.

"내가 있고 싶어서 있는 게 아니라고요!"

그것도 안 된다고 했다. 비자 없이는.

마리아는 눈을 비볐다. 한없이 무력감을 느꼈다. 그러다가 천천히, 아주 분명하게 상황을 모두 설명했다. 마리아는 정부 초청으로 온 손님이며 저널리스트 대표단과 일주 여행에 대해 말했다. 마리아는 자신이 국빈이라고 했다! 그러나 사람들이 자신을 잊은 게 틀림없고, 비행기는 자신을 태우지 않고 떠났다고 했다.

남자는 잠깐 침묵했다. 옆방에서 시끄러운 웃음소리가 들렸다. 마침내 남자가 말했다. 비자 없이 이곳에 있는 건, 전혀 가능하지 않다고 했다.

마리아는 처음부터 다시 시작했다. 다시 한번 모든 걸 말했다. 저널리스트 대표단, 일주 여행, 국빈, 데리러 오는 걸 잊었다고. 마리아가 말을 채 끝내기도 전에 남자가 밖으로 나가더니 문을 탁 닫았다.

그동안 밖이 어두워진 게 틀림없었다. 그러다가 어느 순간 마리아는 문을 두드렸다. 경찰관이 문을 열더니 마리아를 더러운 화장실로 데려갔다. 작은 방에 다시 돌아온 마리아는 휴대전화로 연락을 취해 보려 했지만 휴대전화는 다른 물건들과 함께 가방에 들어 있었다. 마리아는 손등으로 코를 훔쳤다. 이곳에 온 지 얼마나 되었을까? 몇 시간 또는 며칠 되었을 수도 있었다. 그때 문이 열리더니 마리아를 심문했던 경찰관이 돌아왔다.

모든 게 가짜라고 경찰관이 소리쳤다. 모두 거짓말이라고! 경찰관이 종이 한 장을 마리아 앞에 던졌고, 마리아는 여행 그룹의 사람들 이름이 키릴 문자로 적혀 있는 걸 보았다. 《옵서버》의 동료, 《라 리퍼블리카》의 동료, 실습생들, 도이칠란트풍크에서 나온 여자들…… 그리고 레오 리히터.

"이 사람은 같이 안 왔어요." 마리아가 소리쳤다. "여기 이 사람 말이에요! 이 사람!"

마리아는 떨리는 손가락으로 레오 리히터의 이름을 가리켰다. "취소했어요. 내가 대신 왔다고요!"

경찰관은 종이를 집어 들어 쳐다보더니 다시 탁자 위로 집어던지며 마리아 이름은 어디에도 없다고 말했다.

"내가 이 사람 대신 왔다니까요! 레오 리히터! 이 사람은 취소했어요!"

마리아 이름은 목록에 없다고 경찰관이 말했다.

마리아는 여행 가이드에게 전화 좀 걸어 달라고 경찰관에게 애원했다. 가이드가 마리아를 알아볼 것이고 모든 걸 설명해 줄 거라고 했다.

경찰관 얼굴은 전혀 꿈적도 하지 않았다.

"여행 그룹의 가이드 말이에요! 아니면 대사관이라도? 독일 대사관에 전화해 줄 수 없어요?"

경찰관은 생각에 잠겼다. 이번에는 마리아 말을 알아들었다. 여기에는 독일 대사관이 없다고 경찰관이 말했다.

"그럼 영국, 프랑스, 미국 대사관은요?"

중국. 수도에 중국 대사관이 있다고 했다. 러시아 대사관도 있을지 모른다고 했다. 하지만 유효한 비자 없이는 수도로 가는 기차를 탈 수가 없다고 했다. 금지 사항이라고 했다.

마리아는 참아 보려 애썼지만 더는 참을 수가 없어 그만 눈물을 흘리고 말았다. 무력한 흐느낌에 온몸이 들썩거렸다. 마리아는 숨도 못 쉴 정도가 될 때까지 울었다. 마리아는 실신하지 않는 게 스스로 놀라웠다. 하지만 의식은 견뎌 냈고, 탁자, 벽시계, 또 자신을 무감각하게 바라보는 경찰관이 있는 공간은 눈앞에서 사라지지 않았다. 마침내 마리아는 안정을 되찾았다. 마리아는 눈물을 닦으며 외국으로 전화할 수 있게 해 달라고 부탁했다.

그건 어렵다고 경찰관이 말했다. 연결이 좋지 않다고 했다. 이곳은 수도가 아니라고 했다.

"제발요!"

게다가 경찰관은 마리아를 전혀 도울 수가 없다고 했다. 비자가 없다는 거다. 마리아는 불법 체류자다!

경찰관은 밖으로 나갔고, 옆방에서 시끄러운 목소리들이 들렸다. 이제 어떻게 할지 서로 싸우는 게 분명했다. 마리아는 온몸에 힘이 빠졌고, 이제 모든 게 현실로 느껴지지 않았다. 마리아는 다시 팔을 베고 엎드렸다.

누군가 어깨를 흔드는 바람에 마리아는 잠에서 깼다. 옆에 경찰관이 서 있었는데 조금 전이었는지, 아니면 전날이었는지 아무튼 마리아를 화장실에 데려갔던 그 경찰관이었다. 마리아는 이제 시간 개념이 없었다. 마리아의 여행 가방이 옆에 놓여 있었다. 경찰관은 마리아를 데리고 나가 옆방을 지나 거리에 이르렀다. 타는 듯이 더운 걸 보니 오후가 시작된 지 얼마 안 된 모양이었다. 경찰관이 뭐라고 손짓했다. 마리아는 이해하지 못했다. 경찰관이 다시 반복했다. 마리아는 그만 가 보라는 뜻임을 알아챘다.

"안 돼요! 제발요! 좀 도와줘요!" 마리아가 소리쳤다.

경찰관이 마리아를 쳐다보았다. 경찰관의 표정은 불친절하지 않았고, 거의 동정하는 기색이 엿보였다. 그때 경찰관이 아스팔트에다 침을 뱉었다.

"내 시계. 내 시계 갖고 있잖아요." 마리아가 잠긴 목소리로 말했다.

경찰관은 문을 쾅 닫고 들어갔다.

마리아는 가방을 집어 들고 길을 떠났다. 서서히 사태가 파악되었다. 이들은 마리아를 어떻게 해야 할지 몰랐고, 문젯거리를 만들고 싶지 않아서 그냥 내보낸 거였다. 마리아가 감금되거나 죽도록 맞지 않은 건 운이 좋았는지도 모른다.

마리아는 휴대전화를 꺼내 번호를 눌렀지만 연결할 수 없다는 메시지가 들렸다. 다시 번호를 누르자 연결할 수 없다는 메시지가 다시 들렸고, 마리아는 또다시 번호를 눌렀다. 배터리 표시가 빨간색으로 깜빡거렸다. 네 번째 시도에서 남편이 전화를 받았다.

"세상에, 이제 됐다! 내게 무슨 일이 있었는지 상상도 못 할걸!"

"뭐?"

"날 내버려두고 떠났어. 날 도와주는 사람이 아무도 없어. 외무부에 전화 좀 해 줘!"

"뭐?"

"압력을 행사해야 해. 공식 초청이었다고 말해. 신문사에도 찾아가! 심각해. 진짜 심각한 상황이라고!"

"뭐?"

마리아는 잠시 침묵했다. 그러더니 떨리는 목소리로 물었다.

"내 말 들려?"

"뭐?"

"여보세요?"

"아무것도 안 들려. 누구요? 아무것도 안 들린다고!"

"마리아!"

마리아가 소리쳤다. 사람들이 마리아 쪽으로 뒤돌아보았다. 쪼글쪼글 주름진 여자가 이가 없는 잇몸을 드러내며 히죽 웃었다.

"마리아, 당신이야?"

"그래, 나야! 나라고!"

"다시 한번 전화해 줘. 아무것도 안 들려."

남편은 전화를 끊었다.

마리아는 다시 전화를 걸기로 했다. 버튼을 누르자 액정이 어두워졌다. 배터리가 다 나갔다.

마리아는 얼마나 도시를 헤매고 다녔는지 몰랐다. 머리카락은 쩍 들러붙었고, 가방 무게 때문에 손이 아렸다. 먹을 걸 사려고 지갑을 찾아 가방을 뒤졌을 때에야 경찰관들이 지갑도 가져간 걸 알았다.

마리아는 담벼락에 기댄 채 앞만 멍하니 쳐다보았다. 그러다가 계속 갔다. 갑자기 손에서 아린 통증이 느껴지지 않자 가방을 두고 왔다는 걸 깨달았다. 마리아는 뒤를 돌았다. 조그마한 마리아가 우중충한 차림으로 어찌나 쓸쓸하게 서 있었던지 마리아는 자신에게 연민을 느꼈다. 마리아가 모퉁이를 돌아 블록을 한 바퀴 빙 돌아와 다시 그 자리에 와 보니 가방은 이미 사라지고 없었다.

쓰러져 눕자. 마리아가 생각했다. 쓰러져서 누워 있으면 사람들이 병원으로 데려갈 테고 그럼 마리아의 요구를 들어줄 것이다.

아니다, 그렇지 않다. 바닥에 쓰러져 있어도 그냥 누운 채로 내버려둘 것 같았다. 게다가 거리는 더러웠고, 아스팔트는 울퉁불퉁했고, 갈라진 틈새에는 시커먼 물이 고여 있고, 사방에 조각들이 흩어져 있었다. 여기서는 쓰러지지 않는 편이 나았다.

마리아는 그 자리에 서 있었다. 어느 가게의 진열장 뒤로 책들이 보였다! 책이 많지는 않았지만 마리아가 글자를 제대로 이해한 거라면 푸시킨 작품과 그 밑에는 톨스토이 책이 있었다. 이런 책들이 있는 곳이라면 누군가 그 언어도 할 수 있을 테고 마리아의 말을 알아들을지도 모른다. 마리아는 흥분해서 가게로 들어갔다.

이곳은 잡화점이었다. 카운터 뒤쪽 선반에는 통조림들과 중국어가 인쇄된 각종 크기의 상자들이 쌓여 있었다. 정말 책도 몇 권 있었다. 작은 남자가 눈을 가늘게 뜨고 마리아를 쳐다보았다.

"영어 할 줄 아세요?"

남자는 영어도, 프랑스도, 독일어나 그리스어도 하지 못했고, 마리아의 수화 역시 이해하지 못했다. 남자는 꿈적도 않은 채 마리아를 쳐다보면서도 공손한 미소를 잃지는 않았다.

마리아는 등받이가 없는 의자를 끌어왔다. 태양이 몹시 뜨거웠기 때문에 마리아는 잠시 자리에 앉아야 했다. 갈증도 무척 심했다. 마리아가 두 손으로 컵 모양을 만들어 입으로 가져가자 남자가 금방 알아차렸다. 플라스틱 병에서 물을 한잔 따라 주었다. 며칠 전까지만 하더라도 얼룩이 묻어 있고 조그마한 갈색 실 같은 게 둥둥 떠 있는 잔을 마리아가 외면했겠지만 지금은 꿀꺽꿀꺽 마셨다. 그런 다음 몸을 숙여 무릎에 팔꿈치를 괴고는 잠시 앉아 있었다. 작은 남자는 점잖게 거리를 둔 채 기다렸다.

고개를 들었을 때 미구엘 아우리스토스 블랑코스의 두 책 사이로 낯익은 뭔가가 마리아의 눈에 들어왔다. 마리아는 자리에서 일어서서 이를 끄집어냈다. 값싼 페이퍼백에 새빨간 글씨가 적혀 있었다. 마리아의 이름이 키릴 문자로 적혀 있고, 그 아래 제목이 적혀 있었는데 비록 제목을 읽을 수는 없었지만 자신의 최고 성공작인 『어두운 비』라는 건 알았다. 제목 아래에는 선글라스와 챙이 넓은 모자를 쓴 한 남자의 사진이 있었다. 러시아 출판사는 가련하고 폭력을 혐오하는 주인공 레글러 형사를 이런 모습으로 상상했었다. 마리아가 이를 얼마나 멍청하다고 여겼던가. 마리아와 남편이 이를 보고 얼마나 웃었던가!

마리아는 책을 뒤집어 보았다. 마리아 사진은 실려 있지 않았다. 마리아는 작은 남자에게 책을 내보이며 손가락으로 톡톡 친 뒤 그다음에는 자신을 가리켰다.

남자는 영문을 모른 채 웃었다.

마리아는 책을 다시 선반에 꽂았다.

"당신이 옳아요. 무슨 상관이에요. 아무것도 달라질 게 없는데."

남자는 몸을 숙였다.

마리아는 물을 잘 마셨다고 인사한 뒤 밖으로 나왔다.

마리아는 시장에 갔다. 양고기와 썩은 과일 냄새가 풍겼고 노점은 이미 철수했다. 마리아는 다른 이들보다 좀 더 친절해 보이는, 앞치마를 두른 덩치 큰 여자 옆에 가서 입과 배를 가리키며 배가 고프다는 시늉을 했다. 여자가 빵 한 조각을 주었다. 맛있었다. 약간 쓰긴 했지만 그래도 원기가 났다. 여자는 마리아에게 물병도 내주었는데 물을 마시고 나자 마리아는 몸이 거의 회복된 기분이었다.

여자는 주름이 많고 이가 숭숭 빠졌으며 한쪽 눈은 반쯤 감긴 데다 눈꺼풀이 비스듬히 쳐져 있었다. 여자가 뭐라고 말했지만 마리아는 알아듣지 못했다. 그때 여자가 감자 상자를 들어 올리며 마리아더러 같이 좀 옮기자고 시늉했다.

두 사람은 함께 상자를 끌고 거리를 건넌 뒤 중년 남자가 트랙터 옆에서 기다리는 곳으로 가서 트레일러에 상자를 실었다. 여자는 상자 뒤에 쪼그리고 앉더니 마리아도 그렇게 하라고 손짓했다.

기름 냄새가 진동하는 가운데 이들은 덜커덕거리며 갔다. 곧 도시가 시야에서 사라졌고 으스름한 황혼 속에서 스텝 지대가 펼쳐졌다. 날은 추워졌다. 한동안 잠자리 한 마리가 이들을 따라왔다. 모터가 들썩일 때마다 여자의 머리가 흔들거렸는데 눈을 뜬 채로 자는 것 같았다. 하늘은 구름 한 점 없었고, 새 한 마리도 보이지 않았다. 밤이 찾아왔다.

집에 도착했을 때는 깜깜했다. 마리아는 트랙터에서 뛰어내렸다. 바닥이 진흙투성이어서 발목까지 푹 빠졌다. 집은 비바람에 닳은 목재 건물로 지붕은 골함석으로 되어 있었다. 집 안에서는 곰팡내가 났고 중년 남자가 횃불 두 곳에 불을 붙이자 쥐 한 마리가 달아나는 게 보였다. 밖에서는 여자가 녹슨 펌프에서 물을 길었다. 여자는 물이 가득 담긴 함석 양동이를 들고 와 내려놓더니 나무 바닥을 가리켰고, 양동이와 바닥을 다시 차례로 가리켰다. 그러더니 마리아에게 걸레를 내주었다.

마리아는 청소하면서 생각에 잠겼다. 이곳에서 1년, 어쩌면 2년 정도 살아야 할지도 모른다. 마리아를 찾는 수색대는 없을 것이며, 외무부 직원이 느닷없이 나타나 마리아를 구출하는 일도 없을 것이다. 마리아는 이 나라 말을 터득할 때까지 이곳에서 지내면서 일해야 할 것이다. 이 사람들이 월급이라도 주면 돈을 좀 모을 수 있을 것이다. 그러면 언젠가는 수도로 갈 수 있을 것이다. 그곳에서 자신을 도와줄 사람을 찾을 수 있을 것이다. 이곳에 영원히 있지는 않을 것이다. 마리아는 이곳을 빠져나갈 거니까 이 사람들보다는 형편이 나았다.

곧 마리아는 등이 아파 왔다. 팔은 힘든 일에 익숙지 않았고, 바닥 판자는 마리아가 일하는 동안 점점 더 더러워지는 것 같았다. 마리아는 조용히 흐느꼈다. 여자는 의자에 앉자 감자 껍질을 벗겼고, 늙은 남자는 나무 벤치에 웅크리고 앉아 무표정하게 앞만 쳐다보았다.

마리아가 청소를 끝냈을 때 바닥은 전과 똑같아 보였지만 여자는 빵 한 조각과 고기까지 약간 주었다. 마리아는 식사를 끝낸 뒤 물 펌프로 가서 얼굴과 손을 씻었다. 갑자기 몹시 추워졌다. 멀리서 짐승 우는 소리가 들렸다. 하늘에는 별이 가득했다.

여자는 마리아가 잘 매트리스를 가리켰다. 매트리스는 놀랄 정도로 푹신했지만 녹슨 용수철이 부러진 곳이 있어 마리아는 등이 찔리지 않게 몸을 웅크려야 했다. 마리아는 잠시 남편을 생각했다.

남편이 갑자기 낯설게 느껴지면서 마치 옛날에 알던 사람 같았다. 다른 세상에서, 전생에서. 마리아는 자신의 숨소리를 들었고, 그러다가 자신이 이미 잠들었으며 꿈속에서 자신을 내려다보고 있는 걸 깨달았다. 마리아는 이런 순간들이 흔치 않으며 조심스럽게 대처해야 한다는 걸 아주 분명히 알았다. 몸을 잘못 까닥하다가는 돌아오는 길을 찾지 못하고, 옛 존재는 이미 떠나서 다시는 되돌아오지 못한다. 마리아는 한숨을 지었다. 아니, 한숨을 짓는 꿈을 꾼 건지도 모른다. 그때, 마침내 마리아의 의식도 꺼져 갔다.

수녀원장에게 답장하다

　미구엘 아우리스토스 블랑코스. 세상의 절반이 칭송하지만, 나머지 절반은 슬쩍 멸시하는 미구엘은 언덕진 초원 지대를 거닐며 추구하는 삶의 의미, 평정, 내적인 매력에 관한 책을 쓴 작가다. 미구엘은 리우데자네이루의 눈부신 해안에 자리한 고층 건물의 펜트하우스 전면에 위치한 서재로 의젓하게 걸어 들어갔다. 바다는 반짝반짝 빛났고, 만 저 너머로는 빈민굴이 있는 산비탈이 어렴풋이 보였는데 빛의 정도에 따라 때로는 선명하게, 때로는 그늘진 회색 표면처럼 보였다. 미구엘 아우리스토스 블랑코스는 책상을 더 잘 보기 위해 손으로 눈을 가렸다. 금으로 된 펜 두 자루, 뾰족하게 깎은 연필 열일곱 자루, 납작한 모니터 앞에 놓인 납작한 키보드, 새 원고 『우주에게 물으면 답을 얻으리라』의 종이 뭉치는 매끄럽게 펴져 클립보드에 끼워져 있었다. 예전과 마찬가지로 수월하게 지난 4주 동안 한 챕터만 제외하고 전체를 완성했다. 이 책의 주제는 믿음과 신뢰란 표현과 의식을 통해 생겨난다는 것으로 이는 사람들의 추측과는 정반대다. 누군가를 믿다 보면 그를 사랑하게 되고, 친구를 돕다 보면 더 착해지고, 억지로라도 미사에 참석하다 보면 미사는 이제 맹목적인 의식이 아니라 자신을 지켜 주는 최고 존재가 실재하고 가까이 있음이 점점 드러난다는 것이다.

　이런 내용은 미구엘 아우리스토스 블랑코스가 곰곰이 생각해 낸 게 아니라, 저절로 생겨나서 미구엘의 행위와는 상관없이 원고

속에 들어가는 듯했다. 그동안 미구엘은 책상에 앉아 자신의 손가락이 모니터의 깜빡거리는 커서 위로 한 줄 한 줄 글을 써 나가는 모습을 억눌린 호기심으로 지켜보았고, 하루 작업을 끝내면서 자리에서 일어서 바로 지금처럼 일몰을 바라볼 때는 자신의 700만 독자들 한 명 한 명 다 그렇듯이 미구엘 역시 숭고해지고 깨우침을 얻는 기분이 들었다.

 미구엘은 탄식했다. 중지에 가느다란 사파이어가 반짝거리는 왼손을 빠르게 움직여 콧수염을 쓰다듬은 뒤 성긴 머리카락을 쓸어 넘겼다. 미구엘은 화장실을 다녀올 때처럼 홀가분하면서도 아련한 멜랑콜리에 사로잡힌 기분이었다. 미구엘은 요즘 화장실에서 보내는 시간이 많았다. 최근에야 의사가 전립선 수술을 하지 않으면 오래 버티기 힘들다고 말했다. 미구엘 아우리스토스 블랑코스는 머리를 비스듬히 기울인 채 입술을 핥으며 다시 나지막이 탄식을 자아냈다. 번쩍거리는 갈색 맞춤 가죽 구두를 신고, 통이 넓은 리넨 바지, 하얀 실크 셔츠는 위에서 세 번째 단추까지 풀어헤쳤다. 미구엘의 회색 가슴 털은 예전보다 가늘어졌지만 예순넷이라는 나이에도 불구하고 탄탄하게 단련된 몸매와 납작하게 들어간 배는 개인 피트니스 트레이너를 고용한 사람들한테나 가능했다. 미구엘은 전직 올림픽 우승자인 구스타보 몬티의 감독 아래 윙윙 돌아가는 트랙 위를 매일 속보로 달렸다. 미구엘은 예전에 이에 관해 얇은 책을 한 권 썼는데, 내용은 단조로움의 긍정, 지속성에서의 변화, 반쯤 지치고 반쯤 몰두하는 영혼의 말랑말랑한 불확실성 상태를 다루었다. (물론 미구엘은 이곳 수도에서만 이 기구를 사용했다. 파라티의 별장이나 바다 저 너머의 스위스 샬레에 머물 때는 매일 꿈꾸는 듯한 표정으로 신선하고 차가운 아침 공기 속에서 몸을 움직이며 자신의 호흡과 서서히 더위로 채워지는 하루에 완전히 집중했다.) 이 책은 미구엘의 작품 중에서 잘 팔리는 책은 아니었지만 미구엘은 이 책을 얼마나 좋아했던지 종종 조깅 전에 읽기도 했다.

미구엘은 머뭇거렸다. 또다시 탄식했던가? 미구엘은 갑작스러운 충동에 이끌려 양팔을 뻗었다. 바닷바람이 느껴지는 것 같았다. 물론 거의 소리 없이 작동하는 에어컨에서 나오는 바람이란 걸 미구엘도 알았다.

미구엘은 책상으로 가면서 소맷자락에 묻은 꽃씨를 손끝으로 집어 털어 낸 뒤, 비단처럼 부드러운 작은 솜털 뭉치가 둥둥 떠다니며 햇살을 받아 반짝거리다가 공기 중에 사라지는 모습을 지켜보았다. 그러다가 미구엘은 책상 의자에 털썩 주저앉았다. 가죽을 입히고, 유연하게 휘어지며, 미구엘의 등에 딱 들어맞는 이 의자는 상파울루 최고의 의자 제작업체 제품이었다. 미구엘은 잠시 눈을 감고 검지 끝은 코에, 엄지는 생각에 잠겨 삐죽 내민 입술 사이에 올린 채 몸을 까딱거렸다. 그러다가 위에서 두 번째 서랍을 열어 종종 그래 왔듯 권총을 꺼냈다. 총열 길이가 114밀리미터, 구경이 9×19인 글로크 권총은 한 번도 사용하지 않은 모델로 미구엘은 총기 소지 허가증은 물론, 장전된 상태로 수송할 수 있는 허가증까지 갖고 있었다.

미구엘 아우리스토스 블랑코스는 무기를 좋아했지만 그저 장

난감일 뿐, 결코 누구에게 폭력을 행사한 적은 없었다. 햇볕이 잔뜩 내리쬐는 파라티의 잔디밭에서 미구엘은 원형 과녁을 앞에 놓고 때로는 활과 화살로, 때로는 가벼운 스포츠용 총으로 연습했다. 『차분한 손이 차분한 감각을 만든다』라는 책에서 미구엘은 과녁을 쏠 때 목표물과 하나가 되어야 한다고 썼다. 성공 여부에 신경 쓰지 않아야 하고, 그래서 역설적으로 무관심한 긴장감이라는 불확실성 상태에서 중앙을 맞힐 수 있다는 내용이었다. 이 책이 미구엘의 주요 작품은 아니었지만, 몇 년 지난 후에야 유년 시절에 한 번 훑어보았던 일본 양궁에 관한 아주 유명한 책 내용을 거의 대부분 바꿔 쓰다시피 했다는 게 밝혀지자 사람들은 약간 충격을 받았다. 그러나 독자들은 개의치 않았고, 책이 발간된 직후 스포츠 양궁 제작업체가 미구엘에게 전 세계적인 수요 창출에 대해 감사를 표했다.

미구엘은 몸을 숙였다. 의자에서 삐걱 소리가 났고, 약한 통증이 미구엘의 등을 훑고 지나갔다. 미구엘은 서랍에서 탄환 상자를 꺼냈다. 눈을 가늘게 뜨고 입술은 살짝 내민 채 조심스러운 동작으로 무기를 장전했다. 탄약통을 끼운 뒤 노리쇠를 잡아당겼다가 도로 놓았다. 영화에서 자주 보던 장면으로 직접 해 보니 미구엘은 괜히 영화배우가 된 기분이 들었다.

해가 지면서 시뻘건 불길이 바다를 물들였고, 산봉우리는 차가운 빛으로 반짝거렸고, 빈민가 오두막 사이로 비포장 길들이 꾸불꾸불 나 있는 게 보였다. 미구엘 아우리스토스 블랑코스는 자리에서 일어서 비서가 매일 오는 우편물 중에서 골라 놓은 편지 네

통을 집어 들었다. (미구엘은 매일 수많은 편지들을 받았는데 주로 충고와 도움을 청하는 내용, 눈물 없이 읽을 수 없는 인생 이야기, 청혼, 기도, 삶의 의미를 찾거나 유에프오에 관한 소설 원고가 대부분이었다. 또 수많은 도시에서 강연 요청도 들어왔는데 도서관, 명상 센터, 서점 주인들은 여러 가지로 바쁜 미구엘이 출연할 시간이 없다는 걸 알면서도 자신에게만은 예외로 해 줄 거라는 희망을 버리려 하지 않았다.) 미구엘은 이미 뜯어 놓은 봉투에서 첫 번째 편지를 꺼냈다. 수제 종이에 적어 보낸 편지에는 유엔의 레터헤드 밑에 미구엘에게 보내는 질문이 적혀 있었다. 심사 위원의 결정이 있을 경우 미구엘이 '국가 간 대화 상'을 수상하고 총회에서 연설을 할 수 있는지 묻는 내용이었다. 미구엘은 미소 지었다. 두 번째 편지는 자신의 전기 작가인 리옹 출신의 카미에가 보낸 것으로, 카미에는 경의를 표하는 소담한 필기체로 면담 일정을 요청했다. 이번 면담에서는 미구엘이 30년 전, 일본의 절에서 보낸 시절과 선문답 공부, 동양의 지혜를 다루게 될 것이라고 했다. 게다가 미구엘의 첫 번째와 두 번째, 특히 역시 끝장이 나고 만 세 번째 결혼 생활도 다룰 거라고 했다. 늘 그렇듯 전권을 일임한 전기에서는 비밀 엄수가 당연하며 미구엘의 의지에 반한 어떤 정보도 인쇄되지 않을 것임을 확신해도 좋다고 보장했다. 미구엘 아우리스토스 블랑코스는 고개를 저었다. 미구엘은 카미에를 믿지 않았지만 일정을 정할 수밖에 없지 않겠는가.

세 번째 편지는 테네리페에서 온 그림엽서로, 이곳에서 현재 아우렐리아가 두 아이와 함께 살고 있었다. 얼마 전까지만 해도 이들의 공동 소유였던 이 집은 이제 아우렐리아만의 소유가 되었고, 미구엘이 루이스와 라우라를 마지막으로 본 지가 거의 1년이 되어 갔다. 그동안 미구엘은 왜 아이들이 무척 보고 싶지 않은지 내내 의아해했다. 이를 스스로 설명하기 위해 미구엘은 『우주에게 물으면 답을 얻으리라』에 완전히 한 장을 할애해서 사람은 그 영혼이 자신의 영혼과 일치하지 않는 사람의 현존만을 갈망한다고 썼다. 그러나 가까운 사이이면서 동시에 자아의 일부인 사람은 가까이 둘 필요가 없는데, 그 이유는 거리와 상관없이 똑같이 느끼고 똑같이 고통스러워하며 그와 나누는 모든 대화는 당연한 걸 쓸데없이 증명하는 셈이 되기 때문이다. 미구엘은 그림엽서의 앞면(만, 산, 깃발, 갈매기 떼)을 잠시 들여다보았고, 작은 서명 두 개를 쳐다본 뒤 엽서를 치웠다.

네 번째 편지는 벨로 오리존치의 '거룩한 섭리의 갈멜 여자수도원' 원장인 세뇨라 안젤라 주앙한테서 왔다. 미구엘과 오랜 친분을 쌓은 수도원장은(미구엘의 기억이 잘못되었든지 수도원장의 기억이 잘못된 모양이었다. 미구엘은 이 수도원장을 만난 기억이 전혀 없었다.) 자신과 자매 수녀님들의 신앙심 고양을 위해 미구엘에게 신정론*에 관해 몇 가지 질문을 했다. 고통은 왜 있는가? 고독은 왜 있는가? 특히나 신의 부재는 왜 있는가? 그런데도 왜 세상은 선을 지향하는가?

미구엘은 짜증이 나서 고개를 흔들었다. 곧 새 비서를 뽑아야

---

* 악의 존재를 신의 섭리로 보는 이론.

할 것 같았다. 지금의 비서도 과도한 업무에 시달리는 모양이었다. 이렇게 성가신 편지는 절대 미구엘의 책상에 놓여서는 안 된다.

낮게 걸린 태양, 길게 그림자를 드리운 배들, 핏빛으로 반짝이는 바다, 하늘에 펼쳐진 시커먼 광채. 미구엘은 이 창문을 통해 수많은 일몰을 보았지만 여전히 처음 본 일몰과 똑같아 보였고, 미구엘에게는 저녁마다 아주 끔찍하게 실패할 수도 있는 복잡한 실험이 진행되는 것 같았다. 곰곰이 생각에 잠긴 미구엘은 편지를 치우고는 권총을 꺼내 사흘 전에 그랬던 것처럼 본능적으로 안전 레버를 찾아 만지작거리다가 글로크에는 안전 레버가 없으며 이 모델은 방아쇠 자체가 안전장치라는 걸 깨달았다. 미구엘은 자신에게 총을 겨누며 총구를 들여다보았다. 미구엘은 이런 짓을 종종 했고, 대부분 저녁, 특히 이 시각 무렵에 그랬다. 지금도 여느 때처럼 땀이 나기 시작하는 게 느껴졌다. 미구엘은 권총을 치운 뒤 컴퓨터를 작동시켜 탁탁 소리를 내며 컴퓨터가 켜질 때까지 기다렸다. 미구엘은 글을 쓰기 시작했다.

도대체 왜 글을 썼을까? 미구엘 자신도 이유를 잘 알지 못했다. 질문이란 대답을 요구하니까 정확성 때문에 그랬을 수도 있고, 수도복을 입은 늙은 여자들이 미구엘에게는 평생 존경과 완전한 충격으로 다가왔기 때문에 그랬을 수도 있었다. 사랑하는 수녀원장님, 존경하고 경외하는 어머니, 하느님은 정당하지 않습니다. 인생은 두렵고, 신의 아름다움은 부도덕하고, 평화 자체는 살인으로 가득하고, 내가 결코 결정하고 싶지 않은 일이지만 신이 있든 없든 아무 상관 없으며, 비참한 내 죽음이 하느님의 동정을 사지 못하듯이, 내 자식들의 죽음 또는 원컨대, 경외하는 어머니, 먼 훗날 당신의 죽음 역시 하느님의 동정을 사지 못하리라는 데 의심의 여지가 없습니다.

미구엘은 머뭇거리며 석양에 눈을 깜박이면서 고개를 뒤로 젖혀 깊이 숨을 들이마셨다. 미구엘은 고요에 귀를 기울였다. 에어컨이 나지막이 웅웅 소리를 냈다. 미구엘은 계속 써 내려갔다.

해가 바닷속으로 미끄러져 들어갔고, 마지막 노을을 바다 위로 드리우며 꺼져 가는 동안 미구엘은 글을 썼다. 공기가 미세한 물질로 가득 차듯 어둠으로 가득 차는 동안에도 글을 썼다. 석양이 바다 깊은 곳에서 점점 밝은 빛을 내고, 매끄러운 시커먼 하늘이 산허리와 하나가 되는 동안에도 계속 글을 써 내려갔다. 셔츠는 땀에 푹 젖고 수염에는 땀방울이 송송 맺힌 가운데 눈을 들어 보니 밤이었다. 존경하는 수녀원장님, 희망을 품을 이유가 없으며, 하느님이 명백한 부재가 아닌 다른 방식으로 정당화된다고 해도 현명한 논쟁은 고통의 크기 앞에서, 또 고통이 늘 어느 때나 존재한다는 순수한 사실 앞에서 퇴색되기 마련이오니 이걸로는 불충분하다는 것만은 잊지 마십시오. 우리에게 유일하게 도움이 되는 것은 수녀원장님의 거룩한 인격 안에서 구현된 가치와 유쾌한 거짓말입니다. 수녀원장님도 오랫동안 이 안에 머무르고 싶고 좋은 기억으로 간직하고 싶으시겠지요……. 미구엘이 마우스를 두 번 클릭하자 프린터가 드르륵드르륵 소리를 내기 시작했다. 한 장, 두 장, 세 장, 네 장째 글자가 가득 메워졌다. 미구엘 아우리스토스 블랑코스는 종이 몇 장을 집어 들고 읽었다.

미구엘은 자리에서 일어섰다. 왜 이걸 썼을까? 이 편지는 모든 것을 되돌리고, 미구엘의 필생의 사업을 말살해 버리고, 세상에는 질서가 있으며 인생은 선하다고 감히 주장했던 미구엘의 신념을 구차하게 변명했다.

하지만 미구엘이 갈색으로 그을린 손으로 권총을 잡았을 때에야 자신이 무슨 짓을 했는지, 선택권이 있다고 생각했던 시간이 끝나 버렸다는 걸 깨달았다. 지금까지 반쯤 장난이었던 것이 갑자기 진지해졌다. 미구엘이 정말 방아쇠를 당긴다면 획기적인 사건이 될 것이다. 신앙심이 깊은 사람들, 희망을 품고 축복받은 이 땅의 사람들, 숭배자와 구도자들, 책꽂이에 미구엘의 책이 꽂혀 있고 미구엘을 마음속 본보기로 삼고 있는 사람들. 이 사람들에게 타격을 입히고 싶은 유혹을 미구엘이 어떻게 이겨 낼 수 있을까! 이것, 오직 이것만이 미구엘을 대단하게 만들 것이다. 미구엘은 웃는 동시에 공포에 휩싸여 입가가 씰룩거렸다. 미구엘이 편지에 쓴 내용은 자신의 의견도 아니었다. 이건 사실이었다.

미구엘은 갑자기 다리에 힘이 빠지면서 창문에 기댔다. 비행기 한 대가 깜빡거리며 창공을 향해 곡선을 그렸고, 선박 한 척에서 신호탄이 솟아오르더니 조용히 산산조각이 나며 불꽃 소용돌이가 일었다. 옆방에서는 청소부가 무심코 진공청소기를 돌렸다.

미구엘은 다시 한번 마지막 종이를 집어 들고 이게 정말 자신이 쓴 것인지, 수년 동안 말랑말랑하게 살아오다가 어떻게 이런 표현을 발견해 냈는지 스스로 물었다. 이제 미구엘은 종교 회의가 눈앞에 보이는 듯했고, 서점에서 자신의 책을 치워 버릴 거라는 걸 알

앉다. 서점 선반에 듬성듬성 빈자리가 나 있는 모습이 눈에 선했고, 경악하는 사제들, 하얗게 질린 주부들, 당황하는 의사 부인들, 전 세계의 월급쟁이들이 눈앞에 그려졌는데, 이제는 아무도 이들의 고통에 의미가 있다고 설명하지 못했다. 미구엘은 종이를 떨어뜨렸고 종이가 에어컨 바람에 이리저리 휘날리며 바닥에 떨어지기 전에 권총을 들어 올렸다. 안전장치가 없다. 그냥 방아쇠를 당기기만 하면 되었다. 미구엘은 입을 벌려 플라스틱 총신을 이로 깨물어 보았는데 놀랍게도 차갑지가 않았다.

 미구엘의 손가락이 방아쇠를 찾아 더듬거렸다. 이마 위로 땀이 줄줄 흐르는 가운데, 미구엘은 눈을 크게 뜨고 저 아래 펼쳐진 도시, 불 밝힌 선박들, 저 멀리 아득히 펼쳐진 밤을 보았다. 총알이 머리를 관통해 창문을 때릴 것이다. 마치 총알이 유리가 아니라 우주 공간 자체를 맞히듯이. 마치 바다, 산, 하늘 사이로 틈새가 벌어지듯이. 그때 미구엘은 이것이 진실이며 바로 그 일이 일어날 거라는 걸 알았다. 세상의 어느 누구도 아닌 바로 미구엘이 경멸의 징표를 낙인찍으면, 마지막으로 한 번 방아쇠를 당길 힘이 생긴다면 말이다. 만약 그렇다면. 미구엘은 자신의 가쁜 숨소리를 들었다. 옆방에서는 진공청소기가 웅웅 소리를 냈다. 만약 그렇다면.

토론에 글 올리기

일단은 자세히 설명해 보겠다. 미안한 일이지만, '리투아니아23'과 '이쿠_롭'이 이 포스팅의 길이를 두고 다시 조롱거리를 삼으리라는 거 안다. 최근에 있었던 '영화 포럼'의 플레이밍*에서 트롤**이었던 '로드오브더플레이크'도 마찬가지라는 것도 안다. 하지만 난 더 짧게 요약할 수 없으니 바쁜 사람은 그냥 건너뛰시라. 유명 인사들과의 만남? 하지만 조심하라!

내가 이 포럼의 대단한 극성팬임을 미리 밝혀 두어야겠다. 멋진 아이디어들. 당신과 나처럼 평범한 타입이 저명인사들을 조롱하며 재미있는 일, 모두가 흥미를 가질 만한 내용을 심사숙고해서 설명한다. 게다가 컨트롤 기능이 있어서 자신이 검열당하며 내키는 대로 행동할 수 없다는 걸 안다. 난 벌써 오래전부터 이곳에 글을 올리고 싶었지만 내용이 문제였다. 그러다가 지난 주말에 쓸 이야기가 잔뜩 생겼다.

배경 설명을 아주 간단히 하겠다. (최근에 내 인생은 미친 짓들로 가득했지만 그래도 잘 대처해 나가야 한다. 이런 때가 있으면 저런 때가 있기 마련이고 음과 양이 있는데 이런 말을 처음 들어 보는 괴짜들을 위해 한마디 하자면, 이것이 철학이다!) '몰위트'라는 내 닉네임은 다른 포럼에서도 썼기 때문에 여러분도 알 것이다. 나

---

* 인터넷 사용자들 간에 이루어지는 적대적이고 모욕적인 대화.
** 인터넷 토론방에서 남의 화를 돋우려고 메시지를 보내는 사람.

는 '슈퍼무비스'에 포스팅을 많이 하고, '저녁뉴스', '리터러처4유'와 '토론 사이트'에도 글을 게재하지만 허튼소리를 써 대는 블로거들을 보면 그냥 넘어가지 못한다. 닉네임은 늘 '몰위트'로 쓴다. 실제 인생(진짜 인생!)에서 난 삼십 대 중반으로 키가 상당히 크고 약간 뚱뚱하다. 주중에는 넥타이를 매고 돈벌이를 위해 어쩔 수 없이 회사를 다니는데, 그건 여러분도 마찬가지일 것이다. 인생의 의미를 실현하기 위해서는 그래야만 한다. 내 경우에는 분석, 관찰, 토론의 글쓰기가 인생의 의미다. 문화, 사회, 정치적인 일에 기여하는 것이.

나는 한 이동통신사 센터에서 일하고, 함께 사무실을 쓰는 로벤마이어라는 사람을 그 누구보다 혐오한다. 난 로벤마이어에게 죽음을 빌어 주지만, 죽음보다 더 나쁜 게 있다면 죽음 말고 그걸 빌어 주고, 그보다 더 나쁜 게 있다면 난 역시 앞의 것 말고 바로 이걸 빌어 주겠다. 로벤마이어가 보스가 가장 총애하는 직원인 것도 당연하다. 로벤마이어는 늘 정확하고 언제나 부지런하며 책상에 앉아 자신의 일에 매진한다. 일을 중단할 때는 내게 눈길을 주며 이런 말을 할 때뿐이다.

"어이, 또 인터넷 하는 거야?"

로벤마이어가 종종 자리에서 벌떡 일어나 내 책상으로 와서 내 모니터를 보려고 하지만 난 재빨라서 늘 제때에 클릭해 화면을 닫는다. 딱 한 번, 화장실이 너무 급해 실수로 창을 몇 개 띄워 놓고 다녀와 보니 로벤마이어가 함박웃음을 띤 채 내 의자에 앉아 있었다. 장담컨대, 로벤마이어가 지속적으로 헬스장에 다니지 않았다면 바로 그 순간 내가 제대로 한 방 먹였을 텐데.

우리 보스도 진짜 역겹다. 아주 쿨하지 못하며 상당히 나쁘다. 보스가 나를 신뢰하는 것 같긴 하지만 아무도 그 사람을 모른다. 보스는 내내 직원들을 생각하면서 계획을 꾸미지만 이 계획을 실행하는 사람은 아무도 없다. 내게는 권력 게임이 아주 낯설고, 내게 중요한 건 여러분도 알다시피 종합적인 사건과 사회, 그리고 매일 벌어지는 비열한 일들이다. 신문에 글을 쓰는 사람은 이미 상업적이고, 신문에 기사화된 사람도 마찬가지라는 건 자명한 사실이다. 함께 공모해서 거대한 음모를 꾸미는 사람들은 미친 듯이 돈을 벌고, 점잖은 우리는 구경만 한다. 예 하나만 들어 보겠다. 9·11 테러 사건 당시의 무선 통신을 인터넷에서 찾아 읽어 보면 이보다 더 놀랄 일도 없을 것이다!

다시 주제로 돌아오자. 모든 건 지난 금요일에 시작되었다. 난 '저녁뉴스'의 영화 포럼에 랄프 탄너와 귀싸대기와 관련된 글을 막 올리려던 참이었다. '버그클랩4'가 랄프 탄너와 칼라 미렐리 사이에 이젠 아무것도 남지 않았다는 의견을 보인 반면, '이쿠_롭'은 아직도 끝나지 않았다고 했다. 난 다른 웹사이트에서 뭔가 읽은 터라 아는 게 더 많아서 이를 쓰려고 했지만 내 글이 올라가지 않는 걸 깨달았다. 그냥 되지 않았다! 매번 오류 메시지만 잔뜩 나왔고 난 갑자기 뚜껑이 열려서 그냥 전화를 걸었다.

오케이, 오케이, 오케이, 오케이, 그래 안다. 내가 경솔했다. 나도 안다. 하지만 그 전날 밤에 난 또다시 어머니와 싸웠다. 네가 먹을 건 좀 직접 해 먹어라, 네 물건은 직접 세탁해라, 이런 말들이 오가다가 결국 내가 이렇게 대들었다.

"그럼 엄마 혼자 살아. 집세도 직접 내고!"

그러자 어머니가 말했다. "여기 들어와 살고 싶지도 않았어! 너도 아무 여자나 데리고 살고 싶겠지!"

그 말에 내가 대답했다. "그만 뤼데스하임으로 돌아가. 지긋지긋하니까!"

그러고 나서 자정 무렵에 거한 화해가 이뤄졌지만 다음 날까지도 난 당혹스럽고 머리가 띵했다. 그렇지 않았더라면 내게 아무 일도 없었을 텐데.

그래서 난 번호를 찾아서 걸었다. 난 어찌나 화가 났던지 심장이 쿵쾅거리는 소리가 들릴 정도였다.

지친 남자 목소리가 전화를 받았다. 내가 말했다.

"내 포스팅이 안 올라가요! 벌써 네 번째예요."

그 말에 상대가 대답했다. "포스팅이 뭐가 어떻게 됐다고요? 전혀 못 알아듣겠어요."

그래서 내가 설명하고, 또 설명하고, 어쩌고저쩌고하자 상대가 말했다.

"연결해 드리죠!"

그런 다음 두 번째, 세 번째 기술자를 연결시켜 주었고, 하필이면 그때 로벤마이어가 돌아와 기술자가 내 이름, 주소, 아이피 주소, 이더넷 아이디를 묻는 동안 씨익 웃으며 엿들었다. 기술자가 자판을 두드렸고, 하품했고, 다시 자판을 두드리더니 주춤했다.

"아이피를 다시 한번 알려 주세요!"

내가 물었다. "무슨 문제라도?"

기술자는 자판을 두드렸고, 주춤했고, 다시 두드리더니 내가 '저녁뉴스'에 벌써 1만 2341번이나 포스팅을 했는지 물었다.

"그래서요?"

기술자가 물었다. "1만 2341번요."

"그래서 어쨌다는 거죠?"

기술자는 세 번째로 물었다. 모두 아무 소용 없었다. 나는 전화를 끊었다.

여러분이 지금쯤 미친 듯이 웃으리라는 거 안다. 하지만 늘 그렇게 정신 차리고 살 수는 없으며 정신 줄을 놓을 때도 있는 법이다. 다시 한번 시도하자 금방 포스팅이 되었고 난 할 일이 아주 많아서 이 문제는 더 생각하지 않았다. 토론은 이미 상당히 진행되었고 이유를 밝혀야 할 순간이었다. 난 랄프 탄너와 칼라 미렐리는 이젠 다시 이루어지기 힘들며, 랄프 탄너는 머리에 쓰레기만 찼고 짐승처럼 추악하다는 걸 잊지 말라고 썼다.

한 시간쯤 지나고 나서야 내가 아주 멍청한 짓을 했다는 의혹이 일었다. 실명, 진짜 주소, 아이피. 이제 난 완전히 노출되었다! 아주 불쾌했지만 현실이었다. 죄어 오는 느낌이 들면서 제대로 생각할 수가 없었다. 방금 '더트리닷컴'의 '론불더기'와 한판 붙었는데, 그러는 동안에도 엔지니어가 보낸 경고 쪽지를 살펴봐야 했다. 번호 발급에서 무슨 문제가 생겼다는 내용으로 보스가 내 책상에 던져 놓은 쪽지였다. 이 쪽지는 벌써 그저께 받았다. 난 이 쪽지를 하우버란에게 다시 전달했고, 하우버란이 이를 상사에게 메일로 알린 게 틀림없었다. 날 중상모략하려는 모양인데, 이 개자식은 로벤마이어와 한통속이었다. 갑자기 보스가 날 불렀다.

자, 큰 충격과 방망이질해 대는 가슴. 난 물론 이렇게 생각했다. 이번에도 아이피 문제인가? 난 자리에서 일어서 보스 사무실로 건너가면서 진정하기로 마음먹었다. 난 굼프리히 같은 사람이 아니고, 독일 대통령의 게스트북에도 이미 글을 올렸으며(삭제되긴 했지만), 난 쉽게 억압당하지 않으며 필요하면 누구 앞에서라도 할 말은 하는 사람이다.

그래서 난 보스 앞에 섰고, 보스가 날 쳐다보았다. 꿰뚫어 보는 듯한 눈길. 마법사 사루만처럼. 아니면 「바빌론 5」에 나오는 볼론 코쉬처럼. 그러니까 보스는 날 쳐다보았고 난 그를 쳐다보았다. 정말 싸늘한 순간이다. 두 남자, 한 눈길. 아주 진지한.

보스는 유럽 통신사들의 회의에 대해 뭐라고 말하면서 당장 모레 회의가 시작된다고 했다. 본인이 가려고 했지만 사정상 갈 수 없게 되었고, 부서를 대표할 사람이 필요한 데다 발표도 해야 한다고 했다. 국가 통신 표준 대 유럽 통신 표준에 대해.

내가 이해하기까지 약간 시간이 걸렸다. 빌어먹을. 뭐라고? 난 진짜 여행하는 걸 싫어한다는 걸 알아주시라. 기차 좌석은 턱도 없이 좁아서 정상적인 사람은 절대 앉아 있을 수가 없다. 게다가 완전히 낯선 사람들 앞에서 발표를 하라니, 있을 수 없는 일이다.

그래서 내가 말했다. 그렇게는 안 되겠다고, 내가 원하지 않는 데다가 다른 계획이 있다고 했지만 보스가 말했다. 터무니없는 소리라고, 당신이 가야 한다고, 아무도 갈 사람이 없다고 했다. 그러니 어떻게 해야 한단 말인가?

내가 말했다. "알았어요, 보스!"

보스가 말했다. "당신이 최고요!"

다시 내가 말했다. "그럴 리가요!"

"진짜라니까."

이런 식으로 이러쿵저러쿵 주고받다가 난 다시 내 사무실로 돌아왔고, 서류를 보고는 발표를 영어로 해야 한다는 걸 그제야 알았다. 젠장! 영어로 하라고? 빌어먹을!

그런 다음 집으로 돌아오는 길에 마음을 진정시키기 위해 미구엘 아우리스토스 블랑코스의 최신작을 읽었다. 작가는 사람들이 잊지 말아야 하는 게 있다고 썼다. '받아들이는 걸 배우는 것'이다. 바로 이것이다! '땅에 양탄자를 까는 것과 신발을 신는 것 중에 어떤 게 더 쉬울까?' 난 당장 이 말을 퍼뜨려야 했다. 와우. 도대체 이런 건 어디서 생각해 내는 걸까?

그러다가 다시 어머니와 한판 붙었다. 주말 전체가 날아갔고, 어머니가 뭘 하든 내겐 아무 상관 없었다.

내가 말했다. "좀 나가. 영화관에나 가라고!"

"모르겠어, 가기 싫어! 뭐가 또 잘못됐구나. 네가 여자를 만나고 다니는 게 분명해!"

그 말에 나는 말도 안 되는 소리라는 둥, 여자가 없다는 둥 대답했다.

"날 속이지 마라. 여자를 만나잖아. 난 혼자 집에 있고. 내가 이런 사실을 37년 전에 알았어야 했는데. 그때 넌 얼마나 작고 귀여웠

던지."

"마음에 안 들면 엄마가 나가!"

내가 늘 어머니에게 이런 식으로 말하는 건 여러분도 이제 알 것이다.

"그럼 네 밥은 누가 해 주고?"

좋다, 어머니 승. 그래서 난 어머니를 그냥 내버려둔 채 문을 쾅 닫고 방문을 잠갔다. 미구엘 아우리스토스 블랑코스의 책을 뒤적이면서 '도트 B'로 '무비채트'에 들어가 보려 시도했다. 물론 잘되지 않았다. 서버에 부하가 걸렸는데, 지금은 모두 들어가려고 하는 시간이니 당연했다. '난 사물과 하나가 될 것이며, 그 합일과 하나가 될 것이며, 네가 사물과 합일한 것과 하나가 될 것이며, 네 분노와 하나가 될 것이며, 핵폭탄이 떨어진다면 난 핵폭탄과 하나가 될 것이다.' 아주 재미있다. 난 너무 바쁘고 할 일이 많고 매일 반복되는 일상이지만 위대한 사상을 알아볼 줄 안다. 그러다가 '로드오브더플레이크'가 빤한 헛소리를 지껄였고 '프락터', '3헬고란트', '비르넨프로인트'도 '로드오브더플레이크' 편을 든 데다 처음 보는 새 게재자 두 명까지 여기에 합세했기 때문에 난 정신이 산만해졌다. ('로드오브더플레이크'가 새 별명을 쓴 건지도 모른다. 그런 짓은 내 심사를 뒤틀리게 한다. 역겨운 짓이다! 물론 나도 다른 닉네임이 세 개나 있지만 아주 대책 없는 녀석 때문에 다른 선택의 여지가 없을 경우에만 사용한다.) 물론 난 발표 준비를 해야 했지만 그건 모레 일이고, 지금 난 집중할 수가 없었다. 자정 직전에 개인 사이트를 몇 군데 더 둘러보았다. 알지 모르겠지만 말랑말랑하고 전혀 폭력적이지 않은 사이트들로, 이런 건 내 취향이 아니었다. 그런 다음 난 잠자리에 들었다.

다음 날은 기차 여행이었다. 난 속이 안 좋아졌고, 물론 좌석도 무척 좁았지만 사람이 많이 붐비지 않아 팔걸이를 올리고 두 좌석에 가로누웠다. 창밖으로는 집, 길, 습지 초원 등 전형적인 기차 풍경이 보였다. 그런 다음에는 기차에서 내려, 에스컬레이터를 타고 내려오고, 에스컬레이터를 타고 올라가고, 호흡이 힘들어지면서 난 짐승처럼 땀을 흘렸다. 가까스로 기차를 갈아탄 뒤 다시 초원 습지, 농가, 평지 밭을 지났다. 여섯 시간이 흘렀고, 나는 미친 듯이 불안해지면서 마지막으로 이렇게 오랫동안 인터넷과 떨어져 지낸 게 언제였는지 기억할 수도 없었다. 드디어 기차에서 내리자 소형 버스 운전사가 회의 참가자들을 기다리고 있었다. 모두 넥타이와 서류 가방을 든 차림이었다.

"여행은 지옥이에요." 난 가는 동안 옆자리 얼간이에게 말했다. "도대체 왜죠? 인터넷 전화로 모든 걸 집에서 할 수가 있는데! 난 당신이 보이고, 당신도 내가 보이고, 모든 게 스트레스 하나 없이 얼마나 쉬운데요."

하지만 얼간이는 그저 날 쳐다보기만 하더니 약간 떨어져 앉았다.

안내 데스크에서 난 당장 인터넷에 대해 물었다. 여직원이 날 뚱하게 쳐다보았다.

내가 말했다. "인터넷! 여보세요. 인터넷!"

여직원이 대답했다. "지금은 안 돼요."

"네? 뭐가 어떻다고요?"

여직원은 미안하게도 지금 장애가 발생했다고 했다. 인터넷 말고도 객실에 무선 랜이 있지만 지금은 안 된다고 했다.

나는 그냥 쳐다보기만 했다. 아직 제대로 이해하지 못했다.

"다음 주에 수리할 겁니다."

그 말에 내가 대답했다. "굉장하군요. 아주 도움이 되겠어요. 이제 어떡하죠?"

여직원은 다시 멍하니 쳐다보았다. 풍자는 여직원에게 미지의 땅이나 다름없었다. 나는 충격으로 몹시 어질어질했다. 호텔은 무척 지저분한 똥구덩이 속에 쓸쓸히 서 있었다. 마을도 없고, 인터넷 카페도 없으니 누가 HSDPA* 카드를 빌려 주지 않으면 완전히 암담한 상황이었다. 하지만 인터넷 카드는 아무도 빌려 주지 않는다. 모두들 회사 비용으로 영화를 다운로드받을까 봐 겁을 냈다. 그러니까 재앙이었다. 자갈 구덩이. 깜깜한 밤.

저녁 식사. 여러분도 잘 알 테니 일일이 묘사할 필요가 없을 것이다. 뷔페에서의 음식 스트레스, 밀기, 찌르기. 맛있는 건 늘 금방 없어진다. 그런 다음 테이블에 앉았다. 내 오른쪽으로는 '티 모바일' 회사에서 나온 수염 기른 남자가 새 패키지에 대해 말했고, 왼쪽으로는 '보더폰'에 다니는 무미건조한 여성이 형부의 사촌이 오펠을 놀라운 가격으로 샀다는 둥 떠들어 댔다. 나는 완전히 입 다물고 있었다. 난 낯선 사람들 사이에서는 언제나 입을 다문다. 말

---

* 고속 하향 패킷 접속.

을 할 수가 없고, 하고 싶지도 않고, 그냥 그런 타입이 아니다. 그래서 대신 뷔페를 한 바퀴 더 돌았고, 다시 한번 더 다녀오고 나자 속이 무척 거북해졌고, 그래서 한 번만 더 돌고는 담배를 피우려고 바깥 주차장으로 나왔다. 실내에서는 흡연을 할 수가 없고, 이제는 어디서도 흡연할 수가 없다. 내가 감히 말하는데, 나치 시대도 이보다 더 나쁘지는 않았다!

비가 심하게 내렸다. 처마 밑에 한 남자가 서서 담배를 피웠다. 날씨가 이미 어둑어둑해져 남자의 윤곽과 빨간 담뱃불만 보였다. 나는 불을 빌려 달라고 했고, 남자가 신경질적으로 라이터를 찾아 뒤적거리는 동안 난 남자를 알아보았다.

"레오 리히터!"

남자가 움찔했다. 그러고는 날 쳐다보았다. 그 사람이었다!

좋다. 이제 여러분에게 묻겠다. 여러분이라면 어떻게 했겠는가? 미리 밝혀 두자면, 나는 몇 년 전부터 레오 리히터의 팬이었다. 그것도 광팬이었다. 지금은 제목이 생각나지 않지만 라라 가스파르가 파리에서 가르치면서 아주 재수 없는 남자를 만난 뒤 마지막 스토리에서 황천길로 간 그 책. 난 그 책을 읽었는데 믿을 수 없을 만큼 대단했다. 스타일, 위트, 모두 나무랄 데 없이 좋았지만 특히 이 여성이 마음에 들었다. 고백건대, 난 이성과 있으면서 이토록 행복해 본 적이 없었다. 언제나 이러쿵저러쿵 떠들어 대다가는 늘 이런 식으로 끝난다.

"나를 내버려둬. 당신은 좋은 사람이지만 내 타입은 아니야. 당장 꺼져!"

난 이렇게 모두들 다 알 만한 허튼소리를 지껄여 댔고, 파십*에서는 일이 잘 풀리다가도 내가 사진을 올려놓으면 늘 '응답 없음'이었다. 하지만 난 라라는 다르다는 걸 알았다. 라라는 외형을 중요시하지 않았다. 라라 자신도 무척 예뻤지만 아주 현명해서 남자의 외형을 중시하지 않았다. 게다가 라라는 나와 생각이 같았다! 나도 라라처럼 생각했다! 소설을 이런 식으로 읽어서는 안 된다는 건 나도 알지만 종종 그럴 때가 있다. 흠. 미친 소리로 들리는가?

나도 라라가 창작해 낸 인물이라는 걸 안다. 레오 리히터가 파리에 있을 때 이 책을 썼다는 사실을 당시 난 얼른 구글로 검색해서 알아냈더랬다. 그러다가 레오가 부인한테 걷어차였을 때 세 가지 소설이 나왔는데, 라라가 남편을 떠나는 『달과 자유』, 『밀러 씨와 영원』, 그리고 나머지 세 번째 소설은 제목을 잊어버렸다. 그러니까, 레오에게 일어나는 일은 라라에게도 일어나며, 레오가 하는 행동은 나중에 라라도 하며, 레오가 만나는 사람은 소설에 등장할 수도 있다. '리터러처하우스 포럼'에서 누군가 이를 두고 '자전적인 나르시시즘'이라고 일컬었지만 내가 아주 박살을 내 두었기 때문에 그 개쓰레기는 자신도 모르는 헛소리를 다시는 지껄이지 않을 것이다. 약물을 투여받기 위해 스위스로 떠나는 노부인에 대한 소설만큼은 전혀 내 마음에 들지 않았다. 그 소설에는 레오 자신이 전혀 들어 있지 않았고, 결말 부분도 전혀 의미가 없으며 과연 누가 이 결말을 이해할 수 있는지 모르겠다. 어쨌든 나는 아니었다.

---

* Parship. 영국의 온라인 데이터 서비스 업체.

"당신 책! 내가 그 책을 어디에서 읽은 줄 아세요?"

그다음에는 딸꾹질. 당연히 흥분한 경우다. 난 낯선 사람과 말하는 게 힘들기 때문에 대개는 그럴 일이 없다. 하지만 난 그냥 흥분의 도가니에 휩싸였다.

"뮌헨에서 브뤼셀로 가는 길에 읽었어요! 식당 칸에서! 도착할 때쯤에는 끝까지 다 읽었죠."

레오 리히터는 나를 쳐다보았다. 몸을 돌리는가 싶더니 다시 내게로 왔다. 독특한 동작이었다. 어딘지 모가 나고 신경질적이었다.

"분량이 딱 맞아떨어졌어요! 뮌헨에서 출발하면서 읽기 시작했는데 브뤼셀에 도착할 무렵에 다 읽었어요. 딱 맞았어요! 브뤼셀에서 UMTS*에 관한 세미나가 있었거든요."

"특이하군요." 레오 리히터가 말했다.

(정말이지, 내가 지어낸 이야기가 아니다! 난 방에 올라가자마자 레오 리히터의 말을 기록해 두었다. 당연히 포럼을 염두에 두고 한 행동이었다.)

내가 물었다. "아이디어는 어디에서 얻으시죠?"

레오는 몸을 돌려 자갈이 깔린 바닥을 내려다본 뒤 처마를 올려다보더니 다시 나를 쳐다보았다. "욕조에서요."

"뭐라고요. 멋지네요. 정말이에요?"

"장담해요."

"쿨한데요. 의외로군요! 욕조라."

---

* 3세대(3G) 이동 통신 기술 표준.

그런 다음 우리는 잠시 침묵했다. 레오는 담배를 피웠고, 나도 피웠고, 비는 계속 내렸다.

다시 내가 물었다. "요즘은 뭘 쓰고 계시죠? 라라는 어떻게 지내요? 계획이 어때요? 말 편하게 해도 되죠?"

레오는 담배를 던져 버렸다. "다시 들어가 봐야 해요."

"여기는 무슨 일로? 하필 이곳에?"

"강연 건으로 왔어요."

"무슨?"

"한 은행에서 세미나를 여는데 에이전시를 통해서 내게 강연을 의뢰했어요. 안 할 이유가 없다고 생각했죠. 자연에서 며칠 보내는 거니까. 근데 계속 비가 오는군요." 레오는 그게 마치 내 잘못인 양 날 쳐다보더니 다시 말했다. "끊임없이!"

레오는 휙 뒤돌아 안으로 들어갔다.

나는 그곳에 남아 담배 한 개비를 더 피우면서 전율을 느끼며 방금 일어난 일을 이해하려 애썼다. 세상에. 와우. 그런 다음 나는 방으로 올라갔다.

내가 상당히 혼란스럽고 오락가락하는 건 나도 인정한다. 너무 많은 일이 한꺼번에 벌어졌다. 어머니와 싸우고, 내 아이피를 노출시키는 아주 멍청한 짓도 했다. 거기다 내일에 대한 불안감까지. 좋다, 나 같은 프로는 발표 정도는 충분히 할 수 있다. 하지만 아홉 시간 삼십 분 동안 인터넷을 못 해서 상황이 어떻게 돌아가는지 전혀 모른다! '로드오브더플레이크', '이쿠_롭', '뤼벤대디', '프레이4어스'가 내 포스팅에 뭐라고 댓글을 달았는지 전혀 모른다. 그 생각만 하면 속이 뒤집힌다. 나는 멍하니 텔레비전을 좀 보았지만 나오는 건 모두 잡소리뿐이었다. 그러다가 난 호텔방에 샤워기가 없고 욕조만 있다는 걸 알아차렸다. 너무 작아서 들어갈 수도 없는 욕조가. 그래서 오늘은 위생적인 면도 이 정도로 끝내야겠다.

난 랩톱 앞에 잠시 앉아 있었다. 파워포인트는 사용하기가 힘들었다. 자판을 조금 두드리다 보면 창이 이리저리 움직였다. 그냥 잘되지가 않았다. 내일은 잘되겠지. 그래서 침대로 가서 불을 끄고 쿠션을 껴안았다. 꿈의 향연, 어머니가 늘 쓰던 표현처럼.

하지만 난 잠들 수가 없었다. 아래층에서 술에 취한 얼간이들이 노래를 불렀다. 복도에서는 쿵쾅거리는 발소리가 계속 들렸다. 회의에 오면 늘 이 모양이다. 사무직 타입들은 상황을 파악하지 못하고 술이 바닷물인 양 들이켠다. 내 머릿속에는 재미있는 생각들이 지나갔다. 세상에나. 라라 가스파드를 창작해 낸 레오 리히터와 같은 건물에 머물다니. 라라 가스파드가 보고 행동하는 모든 걸 결정짓는 인물이. 레오 리히터와 악수하는 건 라라 가스파드와 악수하는 것이나 다름없다. 무슨 말인지 알아듣겠는가?

그리고 지금 바로 이 순간, 어두운 방에서 아주 멋진 생각이 하나 떠올랐다. 나처럼 인터넷을 아주 많이 하는 사람은, 그러니까…… 어떻게 말하면 좋을까? 그런 사람은 현실이 전부가 아니라는 걸 안다. 몸뚱이로 들어가지 못하는 공간들이 있다는 걸 안다. 생각 속에만 존재하지만 그래도 있다. 라라 가스파드를 만난다. 가능한 일이었다! 스토리 속에서라도.

레오는 자신이 직접 본 것들을 이용했을까? 자신이 직접 만난 사람들도? 실제로 일어난 일들도? 그래, 레오가 날 이용할 수도 있었다. 나도 전혀 반대하지 않는다! 소설에 나온다는 건…… 어쩐지 대화방에 들어가는 것과 별반 다를 게 없었다. 이 역시 변신이다! 자신을 다른 것으로 변화시키는 일이다. 소설에서 난 다른 사람이 되지만 여전히 나 자신이다. 라라와 같은 세상 속에서.

알아들었는가? 나는 레오 리히터를 무척 존경하는 데다 소설 속에도 들어가고 싶었다. 레오는 나와 알고 지내야 했다. 내가 레오의 눈에 띄어야 했다! 레오의 동료가 되거나, 아니면……. 중요한 건 레오가 날 알아보는 거였다. 더러운 내 인생, 엄마와의 지속적인 싸움, 역겨운 보스, 개자식 로벤마이어. 내게는 구원이나 다름없었다. 난 간만에 행복하게 잠이 들었다. 그것만이 아니었다. 기분도 한결 가벼워졌다.

다음 날 아침. 기상. 욕조는 여전히 문제였다. 너무 좁았다. 아침 식사를 하러 식당으로 내려갔다. 유감스럽게도 실수를 했다. 접시 세 개를 동시에 집어 하나는 오른쪽, 하나는 왼쪽, 또 하나는 중간에 놓고 균형을 잡았는데, 당연히 바로 그 중간 접시가 떨어졌다. 스크램블드에그, 베이컨 조각, 빵 두 개가 바닥에 쏟아져서 이젠 모두 쓰레기가 되었다. 레오는 맨 가장자리에 혼자 앉아 있었다. 나는 당연히 레오에게 가서 말했다.

"잘 잤어, 친구?"

레오가 날 쳐다보았다. 레오는 쳐다보는 방식이 독특했다. 커다란 눈, 입은 계속 씰룩거렸다. 내 말은 믿어도 좋다. 레오는 느긋한 타입이 아니었다.

"어제는 대화를 못 했지!" 나는 먹기 시작했다. 스크램블드에 그가 식탁에 조금 떨어졌지만 나는 개의치 않았다. "나에 관해 알고 싶어?"

"뭐라고요?"

나는 내 이름과 어디에서 일하는지 말한 뒤, 우리 부서가 정확히 어떤 일을 하는지 간략하게 설명해 주었다. 어머니에 대해서도 말했고, 개자식과 사무실을 함께 쓰는 게 어떤지도 말해 주었다.

"가 봐야겠어요." 레오가 말했다.

"식사는? 아직 다 안 먹었잖아!"

하지만 레오는 벌써 가 버렸다. 퇴장, 문, 밖으로. 신경질적인 타입이다. 작가니까. 나는 음식을 남긴 게 마음에 걸려 레오가 잼을 발라 놓은 토스트를 두 개 먹어 치운 뒤 안내 데스크로 가서 인터넷을 확인했다. 자, 어떻게 되었을 것 같은가? 더 비참한 똥밭. 자갈 구덩이. 그런 다음 회의실로 갔다.

걱정하지 마라. 시시콜콜 설명해서 졸음이 오게 할 생각은 없으니까. 플립 차트, 칠판, 유감스럽게도 모두 영어로 진행되었고, 그 사이사이 수많은 악수가 오갔지만 내게는 아무도 악수를 청하지 않았다. 어떤 남자만이 우리 부서에 대해 알고 싶어 했지만 내가 무슨 할 말이 있겠는가. 나는 그 남자가 가 버릴 때까지 말없이 쳐다보기만 했다. 그러다가 마침내 점심시간이 되었다. 햄말이, 마요네즈, 계란, 키슈*를 먹었는데 처음에는 괜찮다가 곧 속이 안 좋아

---

* 달걀, 생크림, 치즈, 베이컨, 야채 등으로 맛을 낸 파이의 일종.

졌다. 세 번째 접시를 가지러 갔을 때(물론 약간 너무 많다는 건 나도 인정한다.) 넥타이를 맨 남자가 내 앞을 가로막으며 말했다.

"위기 상황을 미리 대비하고 계십니까?"

나는 당장 응수했다. "빌어먹을, 바보 멍청이 같은 개자식은 뒈져 버려!"

그 말에 남자는 순식간에 사라졌다. 나는 가끔 머리가 빡 돌 때가 있다. 좋지 않다는 건 나도 알지만 유감스럽게도 나도 어쩔 수가 없다.

휴식 시간이 조금 남았다. 그래서 안내 데스크로 갔다.

"레오 리히터에게 당장 할 말이 있어요!"

여직원이 컴퓨터를 두드린 뒤 수화기를 들자 레오가 전화를 받았다. 레오는 방금까지 자다가 깨어났다.

"누구시죠?"

나는 다시 한번 내 이름을 댔다.

"누구요?"

믿을 수가 없었다. 또다시 날 잊어버리다니.

"같이 점심이나 먹을까 해서. 할 이야기가 아주 많거든. 자네가 꼭 알아야 할, 믿기 어려운 이야기들이야. 난 많은 걸 경험했거든."

하지만 그때 찰칵 소리와 함께 전화가 끊겼다. 빌어먹을 호텔. 당장 다시 전화를 걸었다.

"또 나야. 점심은 어떡할 거야?"

레오는 기침했다. 무척 심하게 감기가 든 것 같았다.

"못 해요!"

"그럼 나중에?"

침묵.

"아직 안 끊었어?"

침묵.

"내가 발표할 때 올 거야?"

"힘들어요. 난 할 일이……."

"유럽 통신 표준 대 국가 통신 표준. 자네한테도 흥미로울 거야!"

레오는 헛기침을 했다.

"이봐, 전화는 신원 확인을 위해 유심 코드라는 걸 사용해. 예를 들어서 자네가 명령을 보내고 싶지만 홈 네트에 연결되어 있지 않아. 그때……."

찰칵 소리가 나면서 통화 중 신호음이 들렸다. 그건 우연이 아니었고, 나도 그 정도로 멍청하지는 않다. 레오가 전화를 끊었다! 예술가들이란…… 너무 소심하다. 난 이제 심장이 두근거리고 불안했다.

물론 발표 때문에 그런 것도 있었다. 이제 휴식 시간이 끝나면 곧바로 내 차례여서 빠져나갈 방법도 없고 시간도 없었다. 그러니까 눈을 질끈 감고 가야 했다.

모두 이미 홀에 와 있었다. 누군가 내게 손을 내밀었고, 그러자 또 다른 사람, 또 다른 사람이 악수를 청해 왔는데 모두 내가 모르는 사람들이었다. 연단 앞쪽에서 넥타이를 맨 남자가 유감스럽게도 내 보스가 참석하지 못해 내가 대신 왔다고 마이크로 알리자 박수 소리가 났다. 나는 연단에 올랐다. 계단이 세 칸, 연단이 상당히 높았다. 연단에 서자 난 숨이 가빠지고 땀이 비 오듯 했다. 랩톱을 열고 네트워크 케이블을 끼우자 스크린에 내 파워포인트가 이미 나오기 시작했다. 이곳은 기술만큼은 정말 최고였고 여러분도 보면 좋아했을 것이다.

처음에는 아주 매끄럽게 진행되었다. 모든 게 문제없었고, 플립차트는 쓱쓱 넘어갔고, 나는 뉴 어프로치와 UMTS에서의 국가적 안전 통신 규약에 대해 설명했다. 장점, 단점, 문제점, 가능성 등 모두 내게는 무척 쉬웠다.

그때 난 레오를 보았다.

아니면 못 봤을 수도 있다. 홀의 절반은 어두운 데다 스포트라이트 두 개가 내 얼굴을 비추고 있어서 맨 뒤에 서 있는 다스 베이더 같은 시커먼 형체가 레오인지 아닌지 알 수가 없었다. 내가 레오를 초대하긴 했다. 그 형체는 레오와 키도 같고 신경질적으로 안절부절못하는 것도 같았고 계속해서 이마를 만졌다. 하지만 얼굴은? 나는 몸을 숙여 보았으나 아무것도 보지 못했다. 그때부터 내게 문제가 생겼다.

나는 말을 더듬었다. 웬일인지. 심하게. 말을 하던 중에 할 말을 잊어버리는가 하면 영어 단어도 전혀 떠오르지 않았고, 때마침 랩톱도 말썽을 부려 그래픽이 나오지 않았다. 게다가 내 손이 이렇게 축축하니 마우스를 어떻게 잡지? 모든 눈길이 내게로 향하는 게 느껴졌는데, 제대로 이글거리는 눈길들이었다. 여러분의 눈길만큼은 사양한다. (아니, '로드오브더플레이크'는 괜찮다.) 그러다가 문득 어떤 생각이 들었다. 레오에게 필요한 게 바로 이건지도 몰랐다. 전문적인 지식이 있지만 강연에서 비참하게 몰락하는 착한 녀석 말이다. 냉정한 스토리라고? 그건 내기해도 좋다. 난 갑자기 동떨어져서 나를 쳐다보듯이, 마치 내가 아닌 것처럼 느껴졌다. 그러느라 말을 더 심하게 더듬었고, 그러면서 말을 점점 더 더듬게 되었다.

손에는 땀이 더 심하게 났고, 마우스가 손에서 미끄러지면서 바닥 위로 딸깍 소리를 내며 떨어졌다. 그리고 나…… 나는 몸을 굽힐 수가 없었다. 어떻게 하면 좋단 말인가? 난 그냥 서서 쳐다보기만 할 뿐 어떻게 해야 할지 몰랐다. 그러자 객석 중간쯤에서 누군가 웃었다. 그러자 뒤쪽에서 누군가 또 웃었다. 그러자 첫 줄에 앉은 세 여자가 웃었고, 그러고 나자 모두 웃었다. 나는 꿈을 꾸는 게 아닌지 나 자신에게 물었다. 이런 꿈을 꾼 적이 있었고, 여러분도 한 번쯤은 있을 것이다. 누구나 이런 꿈을 꾼다. 하지만 여기에서 일어나는 건 실제였다. 일대일, 라이프 리얼리티, 완전한 프로그램, 전체 부서. 겨우 몇 문장을 더 말하다가 반짝 떠오르는 생각이 있었다.

"여기에서 끝난다면 어떻게 될까?"

실제로 그런 일이 일어났고, 나는 아무 소리도 안 나오는 내 목소리를 들었다. 아무 말도 안 나오기 때문이었다. 난 그곳에 서 있는 나를 보았고, 그냥 거기 서서 나 자신을 보는 내 모습을 지켜보았다. 지옥이었다. 그동안 사람들이 웃었다. 나는 마이크에 대고 컨디션이 좋지 않다고 겨우 말한 뒤 현기증으로 어질어질한 상태로 계단 세 개를 내려왔지만 다행히 넘어지지 않았다. 넥타이를 맨 남자가 의사가 필요한지 물었지만 난 너나 잘하라고 말한 뒤 밖으로 나왔다.

　난 완전히 지쳤다. 땀이 몹시 났다. 어지러웠고, 완전히 기진맥진했다. 온몸이 푹 젖었다. 어쩐지 한기가 느껴졌고, 아래로 내려오자 다시 추워졌다. 난 로비에서 주위를 둘러보았다. 바로 그때 한 남자가 테이블에서 몸을 일으켜 화장실 쪽으로 가는 게 보였다. 남자는 랩톱을 놔두고 갔는데 HSDPA 카드가 있었다! 그래서 난 가까이 다가갔다. 더 가까이 갔다. 그러고는 안락의자에 앉아 아주 빠르게, 완전히 미친 듯이 잽싸게 자판을 두드렸다. 우선 '영화 포럼'부터 들어갔다. 정말로 '버그클랩'이 아주 객관적인 내 포스팅에 대한 응답으로 플레이밍을 걸어온 바람에 난 숨이 멎을 것 같았다. 도대체 여러분은 뭐하는 인간들인가? 인생도 없는가? 그래서 난 얼른 댓글을 달았다. 그래야만 했다.

　난 다시 강연을 생각했다. 나쁜 일은 늘 겹치는 법이다. 내 손이 떨렸다. 난 얼른 토론 포럼에 들어가 '프레이4어스'에게 멍청한 개자식은 죽으라고 말했는데 벌써 누군가가 했어야만 하는 말이었다. 그런 다음 메일함으로 들어갔다. 메일은 한 통도 와 있지 않았다. 내 아이피를 노출했다는 사실이 다시 떠올랐다. 벌써 누가 나를 추적한다면? 권력자들은 아무것도 모르면서 멋대로 하는 데다, 내가 대통령부터 시작해서 모두를 괴롭혔다는 이유로 말이다. 난 '저녁뉴스 포럼'에 오늘 사설은 모두 개소리라고 글을 올렸다. 아무도 읽지 않았지만 상관없었다. 어쨌든 삭제되겠지만 내 마음이 훨씬 편안해지기는 했다. 바로 그때 내 옆에서 누가 말했다.

"어이, 무슨 짓이야?"

왜, 뭐, 뭐가 무슨 짓이라는 걸까? 난 벌써 잊어버렸다. 난 머릿속이 완전히 뒤죽박죽이었다. 내 말을 믿어도 좋다.

"이건 내 컴퓨터라고!"

뭐라고 둘러댈 수 있겠는가? 그래서 나는 미안하다는 둥, 착각했다는 둥 헛소리를 지껄였다. 나는 자리에서 일어서 로비를 지나갔다. 바로 그때 다른 회의실에서 사람들이 나오는 게 보였다. 넥타이 차림의 남자들, 실크 의상을 입은 여자들, 하지만 그 중간에 누가 있는지 맞혀 보시라!

나는 얼른 뛰어갔다. 누군가 이렇게 말하는 소리가 들렸다.

"그 책을 어디서 읽었는지 아십니까? 함부르크에서 마드리드로 가는 비행기 안에서입니다."

레오는 고개를 끄덕였다. 레오는 우스꽝스럽게 보였다.

다른 사람이 말했다. "아이디어는 어디에서 얻습니까?"

레오는 움찔하더니 뒤돌며 비틀거렸다. 아주 신경과민한 반응이었다. "난 아직 할 일이 있어요!"

"정말 멋진 강연이었어요!" 한 여성이 말했다. 안경, 주름진 얼굴, 틀어 올린 머리. "우리에게 생각할 거리를 주었어요!"

그러자 다른 여성이 말했다. "우리하고 함께 식사하실 거죠?"

절대 그럴 리가 없다. 나는 레오의 어깨를 붙잡고 말했다. "두말할 것도 없지. 우린 약속이 되어 있잖아!"

내겐 모든 게 정말 스트레스였고, 땀도 계속 줄줄 흘렀지만 난 아무것도 모르는 척했다. "따분하게 있을 거 없잖아. 이제 뭘 좀 마시자고. 레오 작가 양반, 이제 그만 가자고!"

하지만 레오는 내 손을 뿌리치더니 안내 데스크로 달려가서 말했다. "305호실."

그러고는 열쇠를 받았다. 여러분에게 정확하게 밝혀 둔다. 왜냐하면 나는 귀가 밝고 포럼에서는 정확성, 확실한 정보와 데이터가 얼마나 중요한지 알기 때문이다. 나중에 곰곰이 생각해 보았지만 틀림없이, 의심의 여지없이 305호였다. 내가 들었다니까!

그때 레오가 엘리베이터 쪽으로 갔는데 걸음이 얼마나 빨랐던지 쫓아갈 수가 없었다. 난 걸음이 그리 빠르지 않기 때문이다. 내 옆의 여성이 넥타이를 맨 남자에게 말했다. "서운하군요. 하지만 정말 훌륭한 강의였어요."

그 말에 남자가 말했다. "글쎄요, 레오 리히터는 상당히 인정머리 없던데요."

그러자 세 번째 남자가 말했다. "난 진부하던데."

그러자 다시 여자가 내게 말했다. "근데 당신은 누구죠?"

난 그 사람들과 이야기하고 싶지 않았다. 그래서 난 한마디 대꾸 없이 그 자리를 떠나 바에 가서 위스키를 한 잔 주문했다. 그런 다음 한 잔 더 마셨다. 회사 비용으로 지불했다. 한 잔 더. 사람들이 지나가다가 내 쪽으로 고개를 돌리며 웃었다. 아무 때나 권총을 집어 들어 피바다를 만드는 사람들이 있는데, 난 이들을 이해할 수 있을 것 같았다. 단지 난 권총을 다룰 줄 모르고 어디에서 구하는지도 모를 뿐이다.

위스키 한 잔으로는 별 신호가 오지 않아 뭔가 좀 느끼려면 몇 잔이 필요했다. 하지만 네 잔째부터는 내리막이었다. 어지럽고 혀가 꼬이고 눈이 멍해지면서 취하면 나오는 증상이 그대로 나타났다. 여러분도 다 알 테니 내가 덧붙일 필요는 없겠다. 하지만 갑자기 난 몹시 슬퍼졌다. 어떻게 해야 할지 전혀 알 수가 없었다.

라라 가스파드. 지금 아니면 영원히 기회가 없다. 그래서 자리에서 일어나서(이미 술기운 때문에 쉽지는 않았다.) 엘리베이터를 타고 3층으로 갔다. 305호.

문을 두드렸다. 아무 반응이 없었다.

더 세게 두드렸다.

아무 일도 없었다.

주먹으로 두드렸다.

느닷없이 룸 메이드가 내 옆에 서 있었다. 물론 깜짝 놀란 내가 미안하다느니, 착각했다느니 횡설수설하며 자리를 뜨려 하는데 룸 메이드가 물었다.

"문이 잠겼어요?"

난 얼른 대답했다. "네!"

필요할 경우 내 머리는 상당히 빨리 돌아간다. 룸 메이드가 카드를 넣고 긋자 삐 소리가 나며 문이 열렸고 나는 안으로 들어갔다. 불을 켰다. 텅 비어 있었고, 침대는 사용한 흔적이 없었고, 레오는 보이지 않았다.

땀이 났다. 난 이제 더 흘릴 땀이 없을 줄 알았지만 이거 아는가? 땀을 흘리는 데는 다 이유가 있다고. 레오 리히터의 방이라, 난 생각했다. 사방을 둘러보고, 서랍과 옷장을 열어 보았다. 라라 가스파드의 방. 어쩐지 그렇기도 했다. 세상에.

옷장에는 평범한 물건들이 있었다. 속옷, 랩톱,(랩톱을 켜 보았지만 비밀번호가 필요했다.) 책 몇 권. 플라톤, 헤겔, 바가바드기타.* 다 필요 없는 책들이다. 미구엘 아우리스토스 블랑코스의 『사상가들이 우리에게 들려주는 말』에 모두 들어 있는 데다가 훨씬 쉽고 명쾌하게 이해하도록 되어 있다. 나는 침대에 웅크리고 앉았다. 헛소리를 지껄일 기분은 아니지만 난 기분이 붕 떴다. 물론 불안감도 있었다. 레오가 지금 들어온다면 사람을 부를 것이다. 하지만 난 어떻게든 레오의 눈에 띄어야 했다. 소설 속에 들어가야 했다. 그러니 이 방법 말고 또 뭐가 있을까? 이제 다른 기회는 오지 않을 것이다. 난 도움만 된다면 레오의 낯짝을 갈길 수도 있었지만 레오는 여기 없었다.

주변을 둘러보니 방은 이미 꼴이 말이 아니었다. 어떻지는 묻지 마라. 서랍은 열려 있고, 쪽지는 사방에 흩어져 있고, 컴퓨터는 바닥에 놓여 있었는데 모니터가 고장 난 것 같았다. 노트에서 찢겨 나간 종이들이 구겨져 있었다. 이불은 양탄자 위에 널브러져 있고, 욕실 타일 위에는 온통 유리 조각투성이었다. 내가 한 짓일까? 여러분이 그렇게 믿든 말든 상관없다. 하지만 난 뭐라고 말할 수가 없다. 나는 레오의 침대에 눕기까지 했다. 무척 푹신푹신했다. 베개에 얼굴을 파묻고 오랫동안 울었다. 라라를 생각했다.

그런 다음 얼른 밖으로 나왔다. 복도를 따라 엘리베이터로 가

---

* 『바가바드기타』는 『베다』, 『우파니샤드』와 더불어 힌두교의 3대 경전 중 하나이다.

서 내 방으로 내려왔다. 곧장 침대로 갔다. 다리에 힘이 풀리면서 나는 침대에 누웠다. 천장이 올라갔다 내려갔다 하면서 빙빙 돌았고, 모든 게 뒤죽박죽 뒤섞였다. 제기랄, 난 술에 취했다.

난 머리가 욱신거리는 바람에 잠에서 깼다. 온몸이 축축했고, 이마 뒤쪽이 깨질 듯 쑤셨고, 입안에서는 마치 짐승이 뒈져 버리기라도 한 것 같은 맛이 느껴졌다. 아침 7시였다. 휴대전화에는 어머니한테서 온 메시지가 아홉 건 있었다. 난 이번에도 옷을 입은 채로 잤다. 찰칵, 찰칵 하며 모든 게 떠올랐다.

난 레오와 대화해야 했다. 레오와 이야기하고, 어떤 일이 있었는지 여러분에게 설명한 대로 모두 털어놓아야 했다. 레오가 어떻게 나올지는 상관없다. 레오도 어쩔 수가 없기 때문이다. 그건 소설이니까. 소설에 내가 등장하는 거다. 지금 당장, 아침 식사를 하면서.

그래서 난 식당으로 가서 기다렸다. 토스트를 먹고, 시리얼을 먹고, 스크램블드에그를 먹었다. 커피를 마셨다. 신문도 두 가지 뒤적거렸다. 난 종이에 인쇄된 저녁 뉴스는 모르고 온라인 뉴스만 알았지만, 종이 신문도 흥미로웠고 썩 괜찮은 기술 섹션도 실려 있었다. 하지만 기술 섹션을 보니 인터넷을 할 수 없다는 사실만 떠올라 난 얼른 신문을 치워 버렸다. 빵 몇 개, 소시지 두 개, 연어 조금, 살라미 소시지 조각, 잼을 바른 토스트 두 개, 스크램블드에그도 좀 더 먹었다. 어머니는 맛있는 아침을 해 주지 않는다. 그러면서 늘 이렇게 말한다.

"먹기 싫으면 네가 직접 해 먹던가 사다 먹어!"

기타 등등. 난 무척 신경이 예민해졌다. 레오가 금방이라도 올

것 같았다.

하지만 오지 않았다. 어제 본 얼간이들만 와서 나를 쳐다보더니 웃으며 쑥덕거렸다. 맹세컨대 내가 평화로운 사람만 아니었다면 언젠가 진짜 펌프식 연발총으로, 빌어먹을, 머리를 쏴서 죽여 버릴 텐데.

마침내 나는 홀로 갔다. 안내 데스크 뒤의 여직원이 얼른 고개를 저었다. 아뇨, 안 돼요. 아직 인터넷이 안 돼요!

"레오 리히터에게 할 말이 있어요!"

"그 사람은 여기 없어요."

"뭐라고요?"

"어젯밤에 떠났어요."

좋다. 그때 나는 약간 소란스럽게 굴었다. 난 탁자를 치지 말았어야 했다. 어쨌든 두 주먹으로는 말이다. 난 여직원에게 묻지 말았어야 했다. 그렇다면 도대체 내가 누구 방에 들어간 건지…… 다행히 여직원은 내 말을 전혀 이해하지 못했고, 나는 적절한 때에 입을 다물었다. 내 두뇌도 그렇게 썩어 문드러지지는 않았다. 난 여직원에게 혹시 착각한 건 아닌지 다시 물으며 확인을 부탁했다. 난 그 자리를 떠나 어머니에게 전화했다.

어머니는 무척 외롭다고 말했다. 하루 종일 울었단다.

"아직도 그러고 다니니? 여자가 생겼니?"

여자는 없다고 내가 장담했다. 어디에도!

"네 말은 안 믿는다."

나도 울기 시작했다. 아주 거북하게 들릴 거라는 거 나도 안다.

하지만 이런 말을 하는 이유는 여러분이 날 모르고, 내가 누군지 모르기 때문이다. 그렇게, 로비에서.

그만하면 됐다. 어머니가 말했다. 그만하면 됐다고.

"네 말을 믿으마. 하지만 다시는 그러지 않겠다고 약속해 줘. 주말 내내 나 혼자 집에 있게 하는 거 말이다. 다시는 안 그럴 거지?"

나는 약속했다.

뭐, 못 할 이유라도 있는가? 얼마든지 그렇게 할 수 있다. 도대체 누가 나와 함께 있고 싶어 한단 말인가? 적어도 난 '저명인사 포럼'에 쓸 말이 생겼다. 하지만 여기에도 결정적인 말, 하이라이트, 급소를 찌르는 말은 없었다. 전혀. 여기에서는 스토리도 나오지 않을 것이다.

왜냐하면 난 이제 레오를 다시 볼 수 없기 때문이었다. 난 '리터러처하우스 포럼'에서 레오의 작품을 쓰레기라고 썼고, 아마존에서는, 아, 묻지도 마라. 하지만 아무 소용이 없었다. 레오가 그 글을 읽을 일은 절대 없을 테니까.

호텔 직원들은 내게 아무것도 알려 주려 하지 않았다. 주소도, 전화번호도. 레오는 나에 관해 아무것도 쓸 수 없게 되었고, 나는 결코 라라를 만날 수 없게 되었다. 내게 남은 건 리얼리티가 전부였다. 직업, 집에 있는 어머니, 보스, 개자식 로벤마이어, 그리고 유일한 탈출구인 포럼들. (하여튼 난 '로드오브더플레이크' 같은 트롤도 아니고 '이쿠_롭'이나 '프레이4어스'와 같은 얼간이도 아니다.) 내게는 영원히 나밖에 없다. 늘 이곳만, 이쪽 편만 있고, 다른 편은 없다. 다른 세계란 없다. 내일 아침 일찍 다시 회사에 간다. 일기 예보가 좋지 않다. 좋다 한들 나와 무슨 상관이람. 모든 건 늘 지금까지 그래 온 것처럼 계속된다. 난 소설에는 결코 등장하지 못하리라는 걸 이제는 안다.

내가 어떻게 거짓말을 하며 죽어 갔는지

내가 루치아를 알게 된 건 어느 수요일 저녁, 통신 사업권 허가 규정을 위한 업무 리셉션에서였다. 그날을 시작으로 난 사기꾼과 패배자가 되었다.

나는 9년 전부터 한나와 함께 살고 있다. 적어도 원칙적으로는 말이다. 왜냐하면 한나는 약간은 특이한 우리 아들과 아주 어린 딸과 함께 남독일 호숫가의 평화롭지만 단조로운 도시에 살고 있기 때문이다. 나는 이곳에서 태어났지만 지금은 주말만 이곳에서 보낸다. 주중에는 하노버 근교의 어느 음울한 아파트에서 은둔하며 지낸다. 이곳은 내가 다니는 회사에서 센터를 건립하기 위해 마련해 둔 곳이었다. 한나는 나보다 나이가 약간 많고 혼자서도 아주 잘 지냈다. 당시 나는 한나에게 그다지 큰 의미가 없었다. 한나도 이를 알았고, 나도 알았고, 각자 상대방이 이를 안다는 걸 알았다. 하지만 그녀는 한나였고, 집에는 쪽쪽거리며 입을 맞추는 우리 아가가 있었기에, 나는 루치아가 이 사실을 알아서는 안 된다는 걸 금방 깨달았다.

루치아에 대해서는 나중에 기회 있을 때 설명하겠다. 지금으로서는 루치아가 키가 크고 어두운 금발머리에, 햄스터처럼 갈색의 동글동글한 눈을 가졌다는 것만 밝혀 두겠다. 반짝거리는 루치아의 눈은 한곳을 몇 초 이상 쳐다보는 일이 없고 약간 불안해 보였다. 루치아가 내 눈에 들어온 건, 그녀가 바닥에 잔을 떨어뜨리자마자 곧이어 연단에 무심코 서 있던 꽃병을 깨뜨렸을 때였다. 민소매 원피스 차림의 루치아는 팔뚝 피부가 티 없이 깨끗했고, 깨진 조각 위로 서 있는 루치아를 보는 순간, 나는 그 여자를 만지고, 내 숨결을 여자의 숨결과 뒤섞고, 여자가 눈을 굴리는 모습을 가까이서 보지 못한다면 차라리 죽는 편이 낫다고 생각했다.

루치아는 화학자였다. 나는 루치아가 무슨 일을 하는지 이해하지 못했다. 탄소, 어떤 물질의 합성, 미미하나마 무에서 에너지를 창출하는 핵융합까지도 관련된 게 틀림없었다. 나는 수도 없이 고개를 끄덕이며 말했다. "아, 네, 그럼요." 그러면서 루치아의 향수 냄새를 맡기 위해 몸을 숙였다. 루치아가 내 직업과 이곳에 오게 된 연유를 물었을 때(이곳이란 이 도시를 말하는 건지, 아니면 리셉션을 말하는 건지 알 수가 없었다.) 난 대답하기 전에 곰곰이 생각부터 해야 했다. 내 존재를 이루는 맥락이 이제 세상 반대편의 날씨만큼이나 낯설고 멀게 느껴졌다.

요즘에 나는 실업자에다 회사에 취직할 가능성이 크지 않지만, 그때만 해도 나는 대규모 통신 회사에서 번호를 관리하고 할당하는 부서의 팀장이었다. 따분하게 들리겠지만 실제 일은 더 따분했다. 아무도 내가 이런 일을 하리라고 생각지 못했고, 우리 어머니가 당신 자식의 빛나는 미래에 대해 말할 때도 이런 일은 예상치 못했다. 한때 나는 피아노를 썩 잘 쳤고, 그림도 어지간히 잘 그렸으며, 사진마다 나온 내 모습은 영리한 눈을 가진 귀여운 아이였다. 세상이 거의 모든 사람의 꿈을 꺾어 버렸는데 왜 하필 내 꿈은 실현되어야 한단 말인가. 독서는 직업이 될 수 없다고 우리 아버지가 말했고, 한때 난 그 말에 무척 분노했지만 내 아이들이 그 나이가 되면 나도 이 말밖에 해 줄 수가 없다. 독서는 직업이 될 수 없다고. 그래서 난 이동 통신을 전문 분야로 전자공학을 전공하면서 당시 아직도 아날로그였던 휴대전화(아주 먼 옛날처럼 들린다.), SID 코드와 MIN 코드, 그리고 백만 분의 일 초로 인간 목소리를 전 세계에 내보내는 모든 방법을 공부했다. 일을 시작하면서는 오존과 커피 향이 진동하는 사무실 오후의 나른함에 익숙해졌다. 나는 처음에는 다섯 명, 그러다가 일곱 명, 마지막에는 아홉 명의 직원을 거느리게 되었는데, 놀랍게도 서로 미워하지 않고는 함께 일할 수가 없으며, 사람들한테 미움받지 않고는 아무 일도 못 한다는 걸 깨달았다. 그러다가 나는 한나를 만났고, 한나가 나를 사랑하는 것보다 내가 한나를 더 사랑했다. 부서의 팀장이 된 나는 다른 도시로 발령이 났다. 이를 두고 경력을 쌓는다고들 한다. 나는 돈을 잘 벌었고, 몹시 외로웠으며, 밤마다 사전을 뒤적여 가며 라틴어 책을 읽거나 텔레비전에서 코미디를 시청했다. 눈에 보이지 않는 청중의 웃음소리가 와자지껄 들려오는 그런 코미디 말이다. 그러면서 인생은 원래 이런 것이고 선택할 수 있는 것도 일부 있지만 대개는 선택할 수 없다는 사실을 받아들였다.

이제 난 루치아 앞에 서서 심장이 허무맹랑하게 쿵쾅거리는 가운데 루치아에게 가족이 있는지, 아니면 다른 누군가가 있는지 알아내기 위해 형사처럼 빙빙 돌려 가며 질문하는 나 자신을 발견했다. 그러니까 혹시라도 언젠가, 더 좋기로는 빠른 시일 내에, 가장 좋기로는 당장 오늘 저녁에 루치아의 쇄골 위쪽에 조그맣게 움푹

팬 곳을 내 입술로 누를 기회가 있는지 알아보기 위해. 루치아는 한 번씩 웃었고, 잔을 올렸다 내렸다 했다. 나는 루치아의 기다란 목과 어깨 근육이 움직이는 모습과 불빛에 비단결처럼 빛나는 머리카락을 바라보면서 그림자 같은 형체들이 움직이는 모습을 곁눈질했다. 잔들이 쩔렁거리며 부딪혔고, 사람들이 웃었으며, 말이 오갔고, 누군가 어디에서 연설을 했지만 전혀 내 관심을 끌지는 못했다. 루치아는 여기 온 지 얼마 안 되지만 마음에 든다고 했다가, 곧 솔직히 전혀 마음에 안 든다고 했다. 그러더니 루치아가 나지막이 웃었는데, 루치아가 정말 내게 도전적인 눈길을 보낸 건지 아니면 조명이 어둡고 내가 흥분한 탓에 착각을 일으킨 건지 확실치 않았다.

"휴대전화 있어요?"

"네. 전화하시려고요?" 내가 놀라서 대답했다.

"아뇨, 울려서요."

나는 가방을 뒤적여 휴대전화를 꺼냈다. 아까부터 들려왔던 음악이 더 크게 울렸다. 화면에는 한나 이름이 떴다. 나는 종료 버튼을 눌렀다. 루치아가 즐거운 표정으로 날 쳐다보았다. 나는 이유를 알지 못했다. 난 얼굴이 화끈거렸지만 얼굴이 빨개지지 않았기를 바랐다.

"나도 얼마 전에야 샀어요. 정말 기묘한 물건이에요. 어떤 상황에서도 현실을 자각하게 하죠." 루치아가 말했다.

휴대전화를 두고 한 말이라는 걸 이해하기까지 잠시 시간이 걸렸다. 나는 고개를 끄덕이며 루치아의 말이 일리가 있다고 맞장구

쳤다. 그러면서도 루치아의 말뜻을 전혀 이해하지 못했다.

일부 손님들만 여전히 남아서 손에 잔을 든 채 적당히 흩어져 있었고, 나는 루치아가 지금까지 남아 있는 이유와 아직도 내 옆에 있는 이유가 궁금해졌다. 나는 자리를 옮겨 한잔 더 하자고 말했고, 오래되고 케케묵은 수법이었지만 루치아는 무슨 뜻인지 이해하지 못한 것처럼, 아니면 아주 잘 이해했다는 걸 내가 못 알아차린 것처럼, 아니면 내가 알아차린 걸 자신은 모른다는 듯이 이렇게 말했다. 네, 좋아요.

이렇게 해서 우리는 볼품없는 바에 들어갔고, 루치아가 이야기를 하면 나는 고개를 끄덕이면서 이따금씩 나도 말을 했다. 바는 천천히 빙빙 도는 것 같았고 루치아의 향수 냄새가 무척 강하게 느껴졌다. 루치아가 실수인 양 내 팔뚝을 만졌을 때 온몸에 전기가 짜릿하게 흘렀고, 루치아의 손이 내 허리를 살짝 건드렸을 때도 손을 거두지 않았다. 그러다가 어느 순간 루치아의 홍채 속 혈관이 보일 정도로 가까이 다가갔을 때 난 이게 늘 그렇듯 단지 소망과 환상이 아니라는 걸 깨달았다. 내 고독이 만들어 낸 판타지가 아니라 실제 상황이라는 걸.

"이 근처에 살아?" 루치아가 물었다.

바로 그 순간 내 휴대전화가 울렸다.

"이번에도?"

"친구야. 문제가 많은 녀석이지. 이상한 시간대에 전화를 잘해. 아침, 점심, 밤에."

당시 난 아직 거짓말에 능숙지 않았는데도 그 말을 하는 동안

곤경에 빠진 친구가 눈앞에 그려졌다. 슬프고, 술에 잔뜩 취하고, 면도도 하지 않고, 인생에 좌절해서 내 충고를 목 말라 하는.

"가련한 사람." 루치아가 웃으면서 말했다. "당신도 가련하고."

"아, 맞아. 아주 가까운 곳에 살아." 난 루치아가 아까 한 질문에 대답했다.

실은 상당히 먼 곳에 살았다. 택시로 거의 30분 정도 걸리는 거리였고, 우리는 서로를 의식하며 어색하게 나란히 앉아 한마디 말도 나누지 않았다. 택시 운전사는 담배를 피웠고, 라디오에서는 동양적 선율의 음악이 흘러나왔고, 밖에는 넝마 같은 옷을 입은 사람들이 밤중까지 깜빡거리는 상점 간판 아래 무심히 서 있었다. 날은 추웠고, 난 이 상황이 갑자기 우습게 느껴졌다. 침대 정리를 해 놓지 않은 사실이 떠올랐고, 열 살 때부터 늘 내 침실을 지켰던 플러시 천으로 된 코끼리 인형을 어떻게 숨길까 고민했다. 현관에서부터 문제가 만만치 않아 보였다. 하지만 루치아는 현관의 상태를 거의 알아차리지 못했고, 너저분한 침대는 식탁 위에 잔뜩 늘어놓은 더러운 찻잔들만큼이나 주목을 끌지 못했다. 우린 벌써 문에서부터 서로 엉겨 붙었기 때문이었다.

나는 서툴렀고, 루치아가 내 등을 벽에 밀어붙이며 내 입에 입술을 포개자 난 숨을 쉴 수가 없었다. 루치아의 손이 내 목을 움켜잡았고, 내 다리 사이로 무릎이 파고 들어오면서 내 옆에 있던 책이 바닥으로 떨어졌다. 그때 내 셔츠 깃이 찢어지는 소리가 들리면서 루치아가 날 방 한가운데로 잡아당겨 어찌나 세게 식탁에 밀어붙였던지 빈 찻잔이 두 개나 바닥에 떨어졌다. 나는 루치아를 껴안으며 내 쪽으로 바싹 당겼는데 일부는 정욕 때문이었지만 루치아가 더 사고를 치지 않게 막으려는 의도도 있었다. 잠시 나는 바로 코앞에 있는 루치아의 눈을 바라보았는데, 지금까지도 이 순간은 시간 속에서 한 토막 도려낸 것처럼 느껴진다. 루치아의 향기가 내 주변을 휘감았고 우리는 함께 호흡했다. 어쩌면 지금이 이야기를 중단하고 루치아에 대해 묘사해야 할 때인지도 모르겠다.

루치아는 나보다 머리 절반 정도가 더 크고, 시골에서 자란 사람한테서나 볼 수 있는 떡 벌어진 어깨를 지녔다. 침울하고 허약한 한나와는 완전 딴판이었다. 루치아의 몸은 옹골졌다. 얼굴 표정도 섬세했고, 눈썹은 가늘게 구부러졌고, 입술은 두툼하지 않았다. 루치아의 가슴은 지금 내가 생각해서는 안 되는, 멀리 있는 내 아내보다 더 크고 둥글었다. 루치아가 예쁘냐고? 그건 내가 결정할 수 없는 문제인 데다 사실은 아직 잘 모르겠다. 루치아는 그냥 루치아였고, 바로 그런 이유로 내가 루치아를 얼마나 갈망했던지 루치아를 만지는 특권을 위해서라면 내 인생, 루치아의 인생, 각자의 인생에서 일 년을 아무 주저함 없이 내놓을 정도였다. 루치아가 공기를 들이마시고 내 입술이 정말로 루치아의 쇄골을 누르는 바로 그 순간, 내 존재는 둘로 나뉘었다. 이 사건의 전과 후로. 영원히.

한 시간이 지난 후에도 우리는 여전히 피곤하지 않았다. 한 시간이 훨씬 더 지났을 수도 있고 훨씬 못 미쳤을 수도 있었다. 시간은 앞으로 갔다 뒤로 갔다 하는 것 같았고, 풀어 놓은 필름처럼 뒤엉켰는데, 나중에는 엉클어진 내 생각 탓인지 아니면 현실 자체가 혼란에 빠진 건지 나도 알 수가 없었다. 기억나는 건 내가 누워 있고, 창문의 희미한 빛을 받아 청아하게 빛나는 루치아의 육체가 내 위로 올라타더니 내 어깨에 손을 올린 채 고개를 뒤로 젖히던 모습이었다. 또 다른 기억은 루치아가 내 밑에 누워서 내게서 시선을 피한 채 두 손으로 내 목덜미를 움켜잡은 동안 내 손은 루치아의 몸을 미끄러져 내려가 어느 지점에 이르자 루치아는 절망에서인지 고통에서인지 끙끙 우는 소리를 내던 일이다. 또는 내가 루치아 속에, 루치아가 내 속에 들어와 서로 뒤섞인 채 반은 침대에, 반은 바닥에서 뒤엉킨 기억도 났다. 마치 우리가 한 몸, 아니면 여러 몸뚱이라도 되는 것처럼. 루치아의 손이 내 입에 들어왔고, 내 팔은 루치아의 엉덩이를 감쌌는데, 바로 그 순간 다시 한나의 얼굴이 내 앞에 나타났다가 사라졌다. 그러다가 우린 일어섰고, 내 뒤통수가 벽에 부딪치면서 나는 온몸으로 루치아의 무게를 견뎠다. 우리를 둘러싼 공간이 무너지면서 새로 모습을 갖췄다. 약한 피로감이 내 몸을 훑으면서 일은 다시 시작되었고, 우리는 끝내는 게 못내 아쉬워서 잠시 서로 껴안은 채 질퍽질퍽한 늪지를 헤쳐 가듯 헤엄쳤다. 마침내 우리는 다시 두 사람이 되어, 루치아가 있고 내가 있었다. 루치아가 자신의 인생 이야기를 들려주기 시작했을 때 난 기꺼이 경청하고 싶었지만 꿈도 꾸지 않는 실신 상태로 이미 빠져들고 말았다.

새벽에 다시 한번 일을 치렀다. 내가 루치아를 흔들어 깨운 걸까, 아니면 루치아가 나를 깨운 걸까? 그건 잘 모르겠지만 창문으로 이미 환해진, 무척 깨끗한 하늘만 잔뜩 보였다. 하얀 베개 위에 흩어진 루치아의 머리카락은 새벽빛을 받아 색깔이 달라지면서 이제는 붉게 보였다. 루치아는 곧 크게 한숨 소리를 냈고, 우리 둘은 다시 잠이 들면서 거의 끝나 가는 밤의 마지막 꿈속에 빠져들었다.

 잠을 깨 보니 옷을 다 차려입은 루치아가 작별의 말을 웅얼거리며 문을 나갔다. 루치아는 출근해야 했다. 나도 지각이었다. 아침 식사도 거른 채 나는 차로 달려갔고 여느 날과 마찬가지로 출근길 교통이 막혀 서 있는데 한나한테 전화가 왔다.

 "어제? 따분했지! 업무 행사가 늘 그렇지 뭐."

 이 말을 하는 동안 나는 두 가지 사실에 놀랐다. 하나는 가장 가깝고 가장 믿는 사람들조차 거짓말을 알아차리지 못한다는 거였다. 흔히 말하기로는 그 반대라고 했다. 어딘가 표가 난다고, 거짓말을 하면 말을 더듬고 땀이 나기 시작한다고, 좀 이상하게 들린다고, 목소리가 변한다고 말이다. 하지만 그렇지가 않다. 그리고 그렇지 않다는 사실에 가장 놀라는 건 거짓말하는 당사자다. 게다가 그 말이 사실이라 하더라도, 목소리가 일그러지고, 땀을 흘리고, 얼굴이 빨개지고 씰룩거린다 하더라도 그것 때문에 들키는 법이 없다. 아무도 눈여겨보지 않기 때문이다. 사람들은 잘 믿는 경향이 있고 속임수를 예상하지 않는다. 누가 다른 사람 말에 귀를 기울이고, 옆 사람 잡담에 집중한단 말인가. 모두들 딴생각에 빠져 있는데.

 "가련해라. 고루한 사람! 난 당신이 어떻게 견디는지 모르겠어."

 한나 목소리에는 아이러니가 없었다. 날 놀라게 하는 또 다른 문제는 바로 이것이다. 사람들은 모두 공무원, 관료주의자, 글쟁이, 종이호랑이를 조롱한다. 하지만 우리가 바로 그런 사람들이 아닌가! 우리 월급쟁이들은 스스로 예술가와 무정부주의자, 자유로운 영혼, 은밀한 미치광이라고 느낀다. 강요도, 규범도 모르는. 우리 모두는 한때 절대 그런 부류에 끼지 않겠다고 호언장담했지만 이미 오래전에 그 무리에 속해 버린 걸 깨닫지 못한다. 자신도 이젠 예외가 아니며 다르고 싶어 하는 그 기분이 바로 자신이 아주 평범함을 말해 준다는 걸.

"아이들은?"

내 목소리는 불안정하게 나왔다. 한나가 어제 루치아처럼 똑같이 내게 '가련하다'고 한 말이 예상치 못한 부담으로 다가왔다.

"파울이 선생님한테 무례하게 굴었어. 요즘 반항적이야. 토요일에 파울과 얘기 좀 해 봐."

"토요일에 집에 못 가. 미안해."

"아."

"일요일에 갈게."

"그럼 일요일에 얘기해 봐."

나는 사무실에서 벌어지는 정신없는 혼란과 예기치 못한 사건들, 스케줄에 대해 말했다. 새로 온 동료와 무능력한 직원들에 대해서도 뭐라고 했다. 그러고 나자 내가 좀 과장되게 말한 것 같아 입을 다물었다.

부하 직원들은 늘 그렇듯 불안하게 나를 기다렸다. 부하 직원들끼리 서로 혐오한다는 걸 아는 나로서는 이들이 나를 싫어한다는 것도 충분히 이해할 수 있었다. 나 역시 바텐빌 출신의 엘마 슈미딩이라는 내 상사가 꼴도 보기 싫을 정도니 당연한 일이다. 하지만 도대체 이 두려움은 어디에서 오는 걸까? 난 여태 누구를 힘들게 한 적이 없었고, 다른 직원들이 뭘 하든 개의치 않았다. 나는 시스템을 훤히 알고 있기 때문에 중간급 정도의 오류는 아무것도 뒤흔들거나 바꾸지 못하며 중요한 의미를 갖지 못하는 걸 안다. 그런 오류들은 이런저런 고객들을 화나게 만들지만 그 정도는 우리 귀에까지 들어오지 않으며 그래서 신경 쓰지 않는다.

나는 술리크와 하우버란에게 인사하고, 스메타나의 어깨를 툭툭 친 뒤 로벤마이어와 몰비츠가 서로 마주 보고 앉아 있는 방에다 대고 일부러 크게 '안녕하시오!' 하고 인사했다. 그러고는 내 자리에 앉아 루치아를 생각하지 않으려 애썼다. 루치아의 살갗, 코, 발가락을 생각하지 않으려고, 어떤 경우에도 루치아의 목소리를 떠올리지 않으려고 했다. 문을 두드리는 소리가 들리더니 몰비츠가 들어와 언제나처럼 땀을 뻘뻘 흘리며 터무니없는 자신의 허리둘레, 작은 키, 짤막한 목에 대해 구질구질하게 불평을 늘어놓았다.

"이제 그만하지!"

내가 날카롭게 말했다. 몰비츠는 다시 쏜살같이 사라졌다. 나는 루치아에게 전화를 걸었다.

"토요일에 시간 있어?"

"난 당신이 주말에는 시내에 없을 줄 알았는데."

"왜?" 나는 깜짝 놀랐다. 루치아가 그걸 어떻게 알았을까? 내가 뭐라고 했나? "난 여기 있을 거야!"

"좋아. 그럼 토요일에 만나." 루치아가 말했다.

문 두드리는 소리가 나더니 로벤마이어가 들어와 몰비츠를 더는 못 봐주겠다고 불평했다.

"이젠 못 참겠어요!"

로벤마이어는 참을성이 많은 편이지만 이제 더는 못 참겠다고 했다. 이 인간이 전혀 일을 안 하는 것도 문제라고 했다. 이 인간이 일은 안 하고 병적으로 인터넷 포럼에 글을 쓰는 것도 그러려니 넘어가 주고, 끊임없이 혼잣말로 조용히 욕하는 버릇도 이젠 거의 익숙해졌다고 했다. 하지만 몰비츠의 위생 상태는 해도 해도 너무하다고 했다.

"로벤마이어." 나는 부드럽게 말했다. "그만해요. 몰비츠와는 내가 이야기해 볼 테니까. 내게 맡겨요."

나는 동료를 그런 식으로 말하면 안 된다고 로벤마이어를 꾸짖었어야 했는지도 모른다. 하지만 난 그렇게 할 수가 없었다. 일단은 몰비츠가 사실 그랬고, 특히나 오후 무렵이 되면 몹시 끔찍한 냄새를 풍겼기 때문이었다.

일요일 정오경, 나는 짙푸른 호숫가 도시에 있는 내 연립주택으로 들어섰다. 한나는 감기에 걸려 얼굴이 창백했다. 파울은 누구랑 싸웠는지 방에 틀어박혀 있었고, 막내딸은 기분이 안 좋은지 질질 짜고 있었고, 내 몸은 술에 취한 것처럼 흐느적거렸다. 아직도 온몸에 루치아의 손길이 느껴졌다.

"내일 만나는 거지?" 루치아가 물었더랬다.

"물론이지." 나는 생각하지도 않고 불쑥 대답했다.

그때 이미 난 핑곗거리를 만들어서 루치아를 속여야 한다는 걸 알았지만 한편으로는 거짓말이 아무렇지도 않게 느껴졌다. 단지 이 방과 이 침대, 내 옆에 있는 이 여자만 중요했고, 나의 또 다른 인생, 한나, 아이들, 이 집은 믿을 수 없는 허구처럼 다가왔다. 그래서 지금처럼 장시간 자동차를 몰고 와서 식탁에 앉으며 고무로 된 오리 인형을 옆으로 치우면서 한나의 빨개진 눈을 쳐다보는 순간 루치아는 저 멀리 있는 유령이 되었다. 나는 등을 기댔다. 집에 왔다. 막내딸은 감자 퓌레를 숟가락으로 퍼서 노란 덩어리를 얼굴에 문질렀다. 내 호주머니에서 휴대전화가 진동했다. 문자 메시지였다. 루치아가 당장 나를 보고 싶다고 했다.

"무슨 일이야?" 한나가 물었다.

"설마 일요일에도?"

"사람들이 너무 무능해." 난 이렇게 말하며 문자를 보냈다.

'사무실에 긴급 상황 발생, 동료, 초상.'

나는 발신 버튼을 누르면서도 속였다는 기분이 들지 않는 게 놀라웠다. 마치 내가 정말 그곳에 또 다른 자아를 두고 와서 지금 사고를 당한 하우버란(아니면 몰비츠? 그놈이 더 낫겠다.)의 집을 향해 출발하기라도 하는 것 같았다. 나는 꿈꾸듯이 고개를 끄덕이며 막내딸의 머리를 쓰다듬은 뒤 파울과 진지한 대화를 나누러 갔다. 그런 다음에 루치아에게 이메일을 보낼 생각이었다. 이메일에는 망자의 집에 도착했고, 조용히 할 일들을 처리했다고 적을 생각이었다. 내용을 너무 자세히 적으면 안 된다. 대략적인 윤곽과 함께 예리하게 관찰한 세부 사항을 두세 가지 적으면 된다. 경첩에 비스듬히 걸린 문, 우유 접시를 헛되이 찾아다니는 고양이, 텅 빈 약병에 붙은 라벨. 기술력 덕분에 우리가 사는 세상에 한정된 장소가 사라졌으니 얼마나 놀라운 일인가. 사람들은 행방을 감춘 채 말하고, 어디에 있는지 아무도 모르며, 또 아무것도 입증할 수 없기 때문에 상상하는 것이 모두 기본적으로 사실일 수도 있다. 내가 어디에 있는지 아무도 입증할 수 없다면, 나조차 내가 있는 곳을 완전히, 또 확실히 알지 못한다면 누가 어떻게 알겠는가? 공간에 실제로 있는 한정된 장소라는 건 우리가 조그마한 무전기를 손에 넣고, 또 발신 버튼만 누르면 순식간에 목적지에 도달하는 편지를 쓰기 이전 시대에나 가능했다.

나는 루치아가 갑자기 전화라도 걸어 올까 봐 곰곰이 생각하며 휴대전화를 껐다. 수신이 안 되었다고 핑계를 댈 생각이었는데 이는 늘 그럴듯한 이유가 되었다. 전원 고장이란 건 언제나 있는 법이니까. 그건 내가 잘 안다. 그게 내 직업이고, 내 담당이니까. 난 주먹을 쥐고 파울의 방문을 두드리며 소리쳤다.

"문 열어라, 얘야!"

그런 게 얼마나 갈까? 난 3주 정도 예상한 것 같다. 위험, 자유, 이중생활이 한 달 정도 갈 줄 알았다. 하지만 이 달이 지나고, 몇 주가 더 흘러갔지만 난 여전히 들키지 않았다.

예전에는 어떤 식으로 이루어졌을까? 고도로 발달된 기술의 도움 없이 사람들은 어떻게 거짓말하고 속였을까, 어떻게 불륜을 저질렀을까, 어떻게 빠져나가고 조작하고 비밀을 유지했을까? 나도 그런 시절을 살았더랬다. 그런데 이제 그때가 전혀 생각나지 않앉다.

　나는 한나에게 편지를 보냈다. 파리와 마드리드, 베를린, 시카고, 그리고 어느 기념일에는 카라카스에서 보낸 것처럼 거짓으로 꾸며서. 난 루치아의 부엌에서 내 랩톱으로, 오염되어 더러운 공기와 자동차들로 꽉 찬 도로를 몹시 흥분된 문장으로 표현했다. 그동안 루치아는 슬립 차림과 맨발로 가스레인지 앞에 서 있고 가을비가 창문을 시끄럽게 두드려 댔다. 루치아가 커피가 든 잔을 밀치는 바람에 잔이 깨지면서 바닥에 조각들이 흩어지고 시커먼 액체가 로르샤흐 테스트* 무늬를 만들어 냈다.

　"뭘 쓰고 있어?"

　"롱롤프를 위해 수정 사항 보고서를 쓰는 중이야."

　그러고는 루치아에게 불쌍한 롱롤프에 대해 설명하면서(세 아이, 네 여자, 알코올 문제, 그사이에 난 습관적으로 거짓말을 했고, 또 아무 이유 없이 둘러댔다.) 나흘 후면 우리 집 식탁에 앉아 바로 이 롱롤프와 함께 참석한 회의에 관해 루치아에게 편지를 쓰고 있을 내 모습을 그려 보았다. 그동안 막내딸은 양탄자 위를 기어 다니고 그 옆에서는 한나가 안전상의 이유로 내게 손도 못 대게 하는 컴퓨터로 휴가 사진 작업을 하고 있을 것이다. 어느 흐린 해안가에서 우리 네 식구가 찍은 사진들을. 루치아에게는 팀장의 비애, 사무실마다 존재하는 음모, 롱롤프의 득의양양한 표정, 스메타나의 돼지 같은 얼굴에 대해 쓰겠지. 아, 이 모든 게 얼마나 슬픈지, 사랑

---

* 좌우 대칭의 불규칙한 잉크 무늬로 성격과 정신 상태를 판단하는 심리검사법.

하는 그대여, 내가 얼마나 당신 곁에 있고 싶은지 등등. 그러고는 집 밖으로 살금살금 빠져나와("쓰레기 버리고 올게!") 바람을 피해 벽에 기댄 채 휴대전화로 루치아에게 전화해서 일이 빨리 끝났으면 좋겠다고 말하고, 루치아의 목소리를 듣기 위해 잠시 계단에 앉아 있을 것이다.

거짓말이라고? 물론 거짓말이다. 하지만 난 정말 내내 루치아를 생각하지 않았던가? 내 존재 전체가 루치아 곁에 가고 싶어 안달하지 않았던가? 내가 아이들과 놀거나 한나와 세금, 수도 요금, 유치원, 융자금에 대해 매일 똑같은 대화를 나누는 동안에도 루치아의 육체, 루치아의 얼굴, 루치아의 약간 거친 목소리만 생각하지 않았던가? 남이나 다름없는 배우자, 그리고 나를 낯선 사람처럼 쳐다보는 시끄러운 두 아이가 나를 멀리하는 것과 롱롤프가 날 멀리하는 게 무슨 차이가 있단 말인가? 가족과 함께 있는 동안 내게 가족의 존재는 혼란스러운 꿈의 산물처럼 느껴지기만 할 뿐인데. 내가 루치아의 욕실에서 문을 잠근 채 수돗물을 틀어 놓고 한나나 아들과 통화할 때는 그 반대였다.("물소리가 쏼쏼 난다고? 연결 상태가 좋지 못해서 그래!") 그때는 멀리 떨어진 내 가족이 평소답지 않게 무척 가깝고 사랑스럽게 느껴지고, 반면에 저쪽 방의 침대에 있는 루치아는 방금 내가 참석 중이라고 거짓말로 둘러대는 따분한 회의만큼이나 갑자기 성가신 방해물처럼 느껴진다. 그래도 난 두 여자를 모두 사랑했다! 가장 사랑하는 여자는 늘 지금 내 옆에 없는 쪽, 지금 함께 있을 수 없는 쪽, 함께 있는 여자 때문에 멀리 떨어진 쪽이었다.

나는 내가 미친 게 아닌지 의심이 들었다. 나는 한밤중에 잠을 깨서 내 옆에 누운 여자의 호흡에 귀를 기울이며 잠시 불안해져서는 두 여자 중 어느 쪽인지 묻는 게 아니라 도대체 내가 누군지, 미로 공원에서 길을 잃은 건 아닌지 스스로 묻는다. 한 걸음씩 적당히, 힘들지 않게 내디뎌 보지만 의외로 너무 깊이 들어가서 출구를 찾을 수 없는 것처럼. 그러면 나는 눈을 감고 가만히 누워 오싹하게 몰려오는 공포감에 몸을 맡겼다. 하지만 자리에서 일어나서 내게 딱 맞는 역할을 찾게 되는 낮에는 모든 게 다시 쉬워지고 거의 정상적으로 보였다.

　유럽 통신 제공사들의 회의가 열리기 이틀 전, 나는 사무실에 앉아 예약해 둔 베이비시터와 전화 통화를 했다. 한나와 나는 회의에 함께 갈 예정이었고, 마침내 우리는 다시 한번 서로를 위한 시간을 갖게 되었다. 내가 할 발표는 짧아서 준비할 필요가 없었고, 호텔은 최고급에 온천도 있었다. 전화를 끊고 나서 루치아한테서 이메일이 와 있는 걸 보았다. 단 한 줄이었다.
　'당신 회의에 나도 같이 갈게.'
　나는 눈을 문지르며 매일 매 순간 늘 그랬듯 언젠가는 모든 게 폭발할 것이며 활활 타오르는 재앙이 날 엄습할 거라고 생각했다.
　'그건 곤란해. 할 일이 많은 데다 사람들도 얼마나 끔찍한데.'
　난 메일을 썼다.
　그제야 난 깨달았다.
　내가 아무 말도 안 했는데도 루치아가 회의에 대해 아는 걸 보니 회의 참석자 중에 아는 사람이 있는 게 분명했다. 그렇다면 나도 한나와 함께 갈 수가 없었다. 루치아가 이 사실을 알게 될 위험이 너무 컸다.

그렇다면 그 반대의 경우는? 내가 루치아를 데려갈 경우에는? 한나는 내 직장 동료들을 몇 명 알았다. 한나는 내가 사는 도시에 아주 가끔 왔고, 물론 내 직업에는 관심이 없었다. 하지만 위험은 너무 컸다. 잠시 난 두 여자를 모두 증오했다.

나는 한나에게 전화를 걸었다.

"아, 아쉽네!"

한나는 뭔가에 주의를 빼앗겼는지 딴 데 정신이 팔린 목소리였다. 한나 모습이 눈앞에 그려졌다. 집중해서 책을 보느라 눈은 떴지만 동시에 꿈을 꾸는 한나 모습을. 내가 한나 곁에 없고, 내게 다른 여자가 있으며, 상황이 예전 같지 않다는 사실에 난 눈물이 났다.

"도무지 안 되겠어. 갈 수가 없어. 사무실에 일이 너무 많아."

"정 그렇다면."

"다음에 가자, 응? 곧."

한나는 멍하니 헛기침을 했다. 배경으로는 잔잔한 라디오 음악이 들렸다.

"그래, 괜찮아."

내 컴퓨터 모니터에 루치아의 대답이 떴다.

'말도 안 돼, 재미있을 거야. 나도 바람 좀 쏘여야겠어. 당신이 가면 나도 갈 거야. 안 된다는 거 없기!'

"너무 슬퍼하지는 마." 내가 말했다.

"이해해. 이해한다고." 한나가 말했다.

나는 전화를 끊었다. 루치아와 가게 되면 더 힘들어질 것이다. 루치아는 늘 내 일을 궁금해하니까. 도대체 왜 나 자신은 내 일이 전혀 궁금하지 않은 걸까! 하지만 누군가 부서를 대표해서 참석해야 했다. 내가 혼자 가면 루치아가 올 테고, 루치아와 가면 한나가 이 사실을 알게 될 테고, 한나와 가면 루치아가 알게 될 것이다. 결론은 한 가지밖에 없었다. 나는 로벤마이어를 내 자리로 불렀다.

그건 불가능하다고 로벤마이어가 말했다. 파리 여행. 벌써 오래 전에 계획된 여행이라고 했다. 아내가 생각해 낸 계획. 결혼기념일.

나는 슐리크를 불렀다.

어림도 없다! 부모, 생신, 큰 잔치, 외아들이 빠질 수 없다고 했다. 게다가 가족의 농장이 있는데 그곳에 가축병이 퍼졌다고 했다.

나는 도대체 그게 무슨 관계가 있는지 맥락을 이해하지 못했지만 한숨을 쉬며 슐리크를 내보낸 뒤 하우버란을 불렀다. 하우버란은 스코틀랜드 섬들을 둘러보는 선박 여행을 예약해 두었는데 이제는 취소가 불가능하다고 했다. 스메타나는 병가를 냈고, 난 완전히 절망한 나머지 내 여비서를 보낼 생각까지 했다. 비서는 이미 몇 달 전에 니더작센주의 한 마을에서 열리는 국가 페인트볼 대회 참가를 신청해 놓았다. 절대 나 대신 회의에 참석할 수가 없다고 했다. 그러니까 피할 방법이 없었다. 이제 한 가지 가능성밖에 없었다.

나는 이렇게 썼다.

'어쩔 수가 없어. 몰비츠를 보내야겠어. 몰비츠는 경영진에 친구

들이 있고, 영향력도 커졌으니까.'

 난 자판을 두드리는 게 힘들었고, 손도 떨렸다. 물론 흥분 때문이었지만 몰비츠와 그의 음모에 대한 분노 때문이기도 했다.

 '난 힘이 없어. 유감스럽게도.'

 '몰비츠. 그 사람 죽지 않았어?' 루치아가 얼른 답장을 보내왔다.

 오, 세상에. 차분히 호흡해. 난 생각했다. 아주 차분하게. 저 멀리로 도망가는 거야.

 '그 사람은 동명이인이야. 재미있는 우연이지.'

 고개를 들어 보니 몰비츠가 문에 서 있었다.

 "당신이 뽑혔어요! 내일 출발해요." 나는 몰비츠에게 큰 소리로 말했다.

 몰비츠는 평소보다 더 많이 땀을 흘렸다. 조그마한 눈이 불안하게 실룩거렸다. 최근에 살이 더 찐 것 같았다.

 "놀라지 마세요. 당신이 우리 부서 대표로 회의에 참석하게 되었어요. 일을 현명하고 똑똑하게 잘해 냈어요. 축하해요."

 몰비츠는 씨근거렸다. 내일은 곤란하다고 몰비츠가 나지막이 말했다. 할 일이 많다고 했다. 여행하는 걸 별로 안 좋아한다고 했다. 말하면서 어찌나 짭짭 소리를 내는지!

 "괜히 엄살 피우는 거죠! 당신도 가고 싶어 하면서. 나도 알아요. 그리고 위층에서도." 나는 둘째 손가락을 펴서 위를 가리켰다. "알고 있어요. 당신은 잘 해낼 거요."

 몰비츠는 내게 애원하는 눈길을 보내더니 뒤뚱뒤뚱 걸어 나갔다. 나는 이제 몰비츠가 거대한 두꺼비처럼 자기 책상에 앉아 나지막이 욕하며 어느 포럼에다 글을 쓰는 모습을 그려 보았다.

나는 루치아에게 전화를 걸었다.

루치아는 괜찮다고 얼른 말했다. 상관없다고, 너무 심각하게 받아들이지 말라고 내게 말했다.

나는 말없이 고개를 끄덕였고, 벌써 기분이 많이 좋아졌다. 루치아는 날 위로하는 솜씨가 보통이 아니다.

루치아가 임신 사실을 알리기 위해 전화했을 때 나는 야외 수영장에서 아이들과 함께 있었다. 태양이 흔들리는 수면 위를 내리쬐면서 반사광이 물속 깊이 비쳤고 세상은 빛으로 충만한 것 같았다. 아이들이 외치는 소리, 물보라, 야자유와 염소 소독제와 잔디 냄새.

"뭐라고?"

나는 이마에 손을 올렸지만 팔은 힘겹게 움직였고, 손가락은 탈지면으로 감싼 것처럼 감각이 무뎠다. 무릎에 힘이 풀리면서 난 자리에 앉아야 했다. 통통한 여자아이가 내 쪽으로 뛰어오더니 나와 부딪쳐 넘어지자 울기 시작했다. 나는 눈을 깜박였다.

"굉장한데." 이렇게 말하는 내 목소리가 들렸다.

"그래?"

루치아는 내 말을 완전히 믿는 것 같진 않았고, 나 자신도 날 제대로 믿지 못했다. 그런데도 내 마음속에 이렇게 기쁨이 차오르는 이유가 뭘까? 아이라, 내 첫 아이! 난 내가 두 사람으로 이루어졌다는 걸, 아니 그보다는 내가 한 인생의 두 방식으로 나 자신을 갈라놓았다는 사실을 이렇게 강하게 느껴 본 적이 없었다. 수영장 저 건너편에는 내 딸이 잔디 위를 기어가고 있었다. 그 뒤로는 내 아들이 짐짓 거드름을 피우며 동갑내기 두 여자아이와 이야기를 나누고 있었는데 내가 못 보기를 바라는 눈치였다.

"내가 좋은 아버지가 될 수 있을지 모르겠어." 내가 조용히 말했다. 나는 말을 더듬었고, 말하는 게 힘들게 느껴졌다. "하지만 해 보지!"

"당신 정말 멋져. 그때 내가…… 근데 지금 어디야? 아주 시끄러운데!"

"거리야. 당신 사무실에서 그다지 멀지 않아. 마음 같아서는 당장 달려가고 싶지만……."

"그럼 와!"

"……하지만 그럴 수가 없어. 일정이 있어."

"그때 내가 당신을 알게 되었을 때 말이야. 이런 일이 있으리라고는 생각지도 못했어! 당신은 무거운 짐을 지고 있는 사람 같았어. 그러면서 동시에…… 뭐랄까? 늘 억지로 꼿꼿하게 서려는 것 같았어. 난 당신을 안 믿으려고 했어."

루치아가 웃으며 덧붙였다. "당신이 진실하지 못하다고 생각했거든."

"특이하군."

내 딸이 수영장 가장자리를 따라 움직였다. 나는 자리에서 일어섰다.

"그때 누가 말해 줬더라면, 내가 하필이면 당신과……."

막내딸은 물에 너무 가까이 와 있었다.

"내가 다시 전화할게."

나는 얼른 딸아이한테로 갔다.

"당신 생각은 어때……."

나는 종료 버튼을 누르고 뛰기 시작했다. 뾰족한 풀잎이 맨발을 찔렀다. 나는 누워 있던 두 어린아이를 뛰어넘고, 개 한 마리를 피하고, 어느 여자와 부딪쳐 가며 수영장 1미터 앞에서 딸아이를 붙잡았다. 딸아이는 왜 그러느냐는 눈으로 날 쳐다보더니 잠시 생각하다가 울음을 터뜨렸다. 나는 딸아이를 들어 올려 귀에다 대고 속삭이며 안심시켰다.

'나중에 연락할게.'

그동안 나는 휴대전화로 문자를 보냈다.

'전차 안이라 수신이 잘 안 돼.'

문자를 막 보내려다가 다시 덧붙여 썼다.

'무척 기뻐!'

난 딸아이의 얼굴을 쳐다보다가 딸아이가 날이 갈수록 한나와 점점 닮아 간다는 걸 다시 한번 깨달았다. 내가 딸아이의 이마에 내려온 머리카락을 훅 불자 딸아이는 나지막이 킥킥 웃었다. 딸아이는 방금 울었다는 사실도 벌써 잊어버렸다. 나는 발신 버튼을 눌렀다.

몰비츠는 완전히 혼란스러운 상태로 돌아왔다. 몰비츠는 조용히 혼잣말을 했는데 말대꾸할 기분도, 무슨 일이 있었는지 밝힐 기분도 아니었다.

언젠가 그런 일이 있을 줄 알았다고 하우버란이 말했다.

발표가 엉망이었다고 슐리크가 말했다. 어딜 가나 그 이야기였다. 부서로서는 아주 곤란한 일이었다.

더 나쁜 소문도 있다고 로벤마이어가 말했다. 몰비츠가 어느 호텔 방에 침입해서는…….

"누구나 실수는 하지."

내가 말하자 이들은 입을 다물었다. 내가 아무것에도 관심이 없다는 걸 이들은 잘 알고 있었다. 나는 살이 빠졌고, 고전파 작가들도 별로 내 흥미를 끌지 못했다. 살루스티우스는 수다스럽게 느껴졌고, 키케로는 공허하게 느껴졌는데, 둘 다 끊임없이 나를 괴롭히고 내 이성을 물레방아처럼 돌려 대는 질문들을 건드리지 못하기 때문이다. 그 질문이란 바로 두 집, 두 인생, 두 가정을 갖는 게 가능할 수 없는가 하는 문제였다. 하나는 저기, 하나는 여기, 하나의 나는 이곳에, 다른 나는 다른 도시에. 두 여자 모두 유일한 여자인 양 각각 가깝게 지내면서. 이건 단지 조직의 문제였다. 열차와 비행기 시간표의 능수능란한 이용, 현명한 편지 활용, 선견지명적인 정리. 물론 실패할 수도 있지만 그래도…… 그래도 가능할 수도 있다! 잠시 동안이라도. 아니면 오랫동안.

이중생활. 이중 인생. 난 의기소침한 부서 팀장일 뿐이었다. 그런 내가 어떻게 갑자기 이런 것들을 이해할 수 있게 되었을까. 잡지에 나오는 도깨비, 비밀을 간직한 모든 사람들을. 단지 비밀 없이는 살 수가 없으며, 죽음은 완전히 공정하고 또 사람에게 유일한 존재란 충분하지 않다는 이유로.

"뭐야?"

나는 움찔했다. 로벤마이어가 내 앞에 서 있었다. 그 뒤에는 슐리크가 있었다. 난 이들이 오는 소리를 듣지 못했다. 그제야 나는 정반대라는 걸 깨달았다. 다른 사람들이 방에서 나갔고, 이 두 사람만이 그냥 남아 있었던 거였다.

슐리크가 조용히 말하기 시작했다. 뭔가 큰일이 벌어진 게 분명했다. 안전 관리 부서에서 전달해 오길, 몇백 개에 달하는 데이터뱅크의 전화번호에 적용된 할당 날짜에 오류가 생겼다는 것이다. 그래서 이미 사용 중인 번호가 새로 할당되었을 위험이 있다는 거였다. 로벤마이어가 이 내용을 몰비츠에게 전달했지만, 몰비츠가 일처리를 일단 미뤘는데, 이들이 추측하기로는 몰비츠가 그 전에 우선 '저명인사 포럼'을 위한 보고서부터 쓸 생각이었던 것 같다고 했다.

"뭘 위한 보고서라고?"

그건 상관없다고 로벤마이어가 말했다. 이젠 중요하지 않다고. 어쨌든 이제 이런 일이 벌어졌고, 수십 명에 이르는 새 고객들이 이미 존재하고, 또 번호 공동 사용을 위해 원래는 차단된 전화번호를 받았다고 했다. 언론이 이 상황을 보도할 것이고 손해배상 소송이 이미 적어도 두 건 걸려 있다고 했다. 주된 책임은 우리 부서에 있다고 했다.

내 휴대전화의 액정에 환하게 불이 들어왔다. 한나 이름과 그 밑에 이런 글이 떴다.

'당신 만나러 갈게!'

내 맥박이 세차게 뛰기 시작했다.

"그 이야기는 나중에 합시다!"

나는 자리에서 일어섰다.

죄송하지만 그러기에는 사안이 너무 심각하다고 로벤마이어가 말했다. 이로 인해서 몇 명이 직장을 잃을 수도 있다고…….

잃을 거라고. 슐리크가 정정했다.

로벤마이어는 고개를 끄덕였다. 몇 명이 직장을 잃을 거라고 했다.

나는 버튼을 몇 개 눌러 보았지만 문자 메시지가 온 게 없었다. 내가 착각한 걸까? 실수로 지워 버린 걸까? 난 알아야 했다. 내가 실수하지 않았다는 사실이 중요했다.

"곧 돌아오리다."

난 이렇게 소리치며 밖으로 나가 복도를 지나 엘리베이터 쪽으로 갔다. 엘리베이터는 웅웅 소리와 함께 나를 아래로 데려갔고, 나는 복도를 지나 거리로 나갔다. 이런 일이 내게 벌어지다니, 내가 생각했다. 사람은 상황이나 불운에 좌절하는 게 아니라 신경과민으로 좌절하는 법이다. 압박을 견디지 못해서 좌절하는 것이다. 조만간 모든 일들이 명명백백 드러날 것이다. 나는 그 자리에서 한 바퀴 천천히 돌았다. 보행자들이 나를 쳐다보았고, 맞은편 거리에서 한 아이가 엄마한테 끌려가면서 날 가리켰다. 정신 차려. 난 생각했다. 정신 차려, 정신 차리라고. 너만 약해지지 않으면 괜찮을 테니 정신을 차려야 해. 나는 억지로라도 가만히 서 있어 보려 했다.

나는 시계를 쳐다보며 약속 시간을 생각하는 사람처럼 굴었다. 되돌아 가. 난 내게 명령했다. 다시 안으로 들어가. 엘리베이터를 타고 올라가. 그들이 날 기다리고 있어. 책상에 가서 앉아. 어떻게든 방법을 찾아 해 볼 수 있는 건 다 해 봐. 뭐라도 하라고. 널 변호해, 도망가지 말고. 너는 쓰러지지 않아. 아직은.

"문제가 있나요, 신사 양반?"

내 옆에 아주 비쩍 마른 남자가 다가와 섰는데 기름기로 번들거리는 머리에 새빨간 모자와 뿔테 안경을 쓰고 있었다.

"뭐라고요?"

"인생이 힘들죠?"

남자는 알랑거리는 미소를 지으며 말했다. 단정 짓는 말이라기보다는 질문처럼 들렸다.

"결정은 뭐든 다 힘들고, 일상을 꾸려 나가는 것만으로도 너무 복잡해서 아주 강한 사람들도 미쳐 버릴 정도죠. 동의하십니까, 신사 양반?"

"뭐라고요?"

"우리 의지대로 안 되는 일이 수두룩하지만 그래도 쉽게 해결할 수 있는 것도 많아요. 내게 택시가 있어요."

남자는 까만 메르세데스를 가리켰고, 차는 문이 열린 채 우리 옆에 서 있었다.

"충고 한마디 덧붙이죠. 지금 보고 싶은 사람이 있다면 전화하세요. 인생은 아주 빨리 지나갑니다. 그러라고 조그마한 휴대전화가 있는 겁니다. 그래서 모두들 이 전자용품을 주머니에 넣고 다니는 거잖아요. 안 그래요, 신사 양반?"

난 남자가 원하는 게 뭔지 몰랐다. 남자의 출현은 불쾌했지만 남자의 말은 날 안정시키는 효과가 있었다.

"이건 택시가 아니잖아요!"

"신사 양반! 차에 타셔서 주소를 말씀하세요. 그럼 이게 택시인 걸 알게 될 겁니다."

나는 머뭇거렸지만 고개를 끄덕이며 뒷좌석의 부드러운 가죽에 몸을 파묻었다. 남자는 운전석에 앉더니 좌석을 만지작거리며 조정했다. 방금 이 차를 타고 온 게 아닌 것처럼 말이다. 백미러를 돌리고 시동 스위치도 잠시 만지작거렸다.

"주소 말씀하세요. 난 아는 게 많지만 다 아는 건 아니거든요."

남자가 다정하게 말했다.

나는 주소를 댔다.

"곧 도착할 겁니다."

남자는 시동을 걸더니 도로에 들어섰다.

"집으로 가고 싶은 거 확실합니까? 다른 곳이 아니고? 방문하고 싶은 사람이 없습니까?"

나는 고개를 흔들며 휴대전화를 꺼내 루치아 번호를 눌렀다.

"우리 집으로 와!"

"지금?"

"지금."

"도대체 여기서 뭐하는 거야? 난 당신이 이번 주 내내 취리히에 가 있는 줄 알았지. 무슨 일이 있어?"

나는 이마를 문질렀다. 맞다, 난 그렇게 말했더랬다. 내일부터 주말 내내 한나한테 가 있기 위해서였다.

"수포로 돌아갔어."

"또 몰비츠 때문이야?"

"또 몰비츠 때문이야."

"갈게."

나는 전화를 끊고 휴대전화의 작은 액정을 들여다보았다. 혹시 한나가 이곳으로 오는 중이라면? 그럼 내가 큰일을 저질렀고, 루치아를 우리 집에 끌어들이면 안 된다. 나는 당장 전화해야 했다. 근데 둘 중에서 누구에게 전화해야 한단 말인가? 어쩌다가 일이 이 지경까지 되었을까? 마른 남자가 백미러로 나를 뚫어져라 쳐다보았다. 나는 현기증이 났다. 나는 눈을 감았다.

"왜 이렇게 안 되는 일이 많은지 묻고 계십니까, 신사 양반? 사람들이 많은 것이 되고 싶어 하기 때문이죠. 말 그대로입니다. 사람들은 많은 게 되고 싶어 하죠. 다양하게. 여러 개의 삶을 원합니다. 하지만 표면적으로만 그렇고, 내심으로는 그렇지 않아요. 마지막 갈망은 하나가 되고 싶어 합니다. 자신과 모든 것과 말이죠."

나는 눈을 떴다.

"무슨 말씀을 하는 겁니까?"

"나는 아무 말도 안 했어요. 설사 했다 하더라도 당신이 스스로 알지 못하는 건 아무것도 아닌 겁니다."

"이거 당신 차 맞아요?"

"그게 정말 당신이 당장 해야 할 급한 걱정거리입니까?"

나는 우리 집 앞에 차가 설 때까지 침묵했다. 어떤 이유에서인지 나는 남자가 돈을 안 받을 줄 알았지만 남자는 엄청난 액수를 불렀다. 나는 돈을 지불하고 차에서 내렸다. 뒤돌아보니 차는 이미 보이지 않았다.

루치아는 우리 집 현관에서 기다리고 있었다. 곧장 달려온 게 틀림없었다. 루치아는 믿을 만한 사람이었다.

"무슨 일이야? 왜 그래?"

루치아가 물었다. 루치아는 내 얼굴을 주의 깊게 살폈다.

나는 입을 벌렸다가 다시 다물었다.

루치아는 내 어깨에 손을 얹었다.

"내게 할 말 있어?"

나는 꿈쩍도 하지 않았다. 우리는 여전히 현관에 서 있었다. 나는 숨을 들이마셨다. 침묵했다.

우리는 안으로 들어갔다. 복도를 지나, 지저분한 거실을 지나, 그다음에는 언제나처럼 침실로 갔다.

잠시 뒤에 우리는 침대에 누웠고, 나는 루치아의 단단한 팔다리를 느꼈고, 가까이에서 까만 눈을 들여다보았다. 루치아는 내 허리띠에 손을 얹었고, 내 손은 루치아의 블라우스 속을 파고들어 갔다. 이 모든 건 자동적으로, 머뭇거리거나 생각할 것도 없이 저절로 이루어지듯 행해졌다. 그러고 나서 이불, 나체, 헐떡거림, 루치아의 단단한 손, 그러고는 날 껴안은 루치아와 루치아를 껴안은 나, 그러다가 우린 다시 서로 몸을 뗐고, 힘없이 나란히 누워 힘겹게 호흡했다. 루치아의 살갗에는 땀이 송골송골 맺혀 있었다. 눈길이 얼마나 다정하게 느껴졌던지 난 곧 주워 담아야 할 이야기를 털어놓을 뻔했다. 루치아가 정말 내 아이를 가진 걸까? 하지만 난 벌써 아이가 둘이고, 이 아이들만으로도 충분히 힘들고 낯설다. 아이들은 내게 의심스러운 눈길을 보내며 내가 대답할 수 없는 질문들을 하고, 나는 아이들에게 좋은 아버지가 아니었다.

"그냥 놔두면 안 돼."

루치아가 말했다.

내 배에서 경련이 일었다.

"뭘?"

"이 몰비츠라는 사람 말이야. 당신이 너무 친절해. 어떻게 해 봐."

나는 루치아의 목덜미 아래로 손을 집어 넣었다. 머리카락이 참 부드러웠다. 팔에 난 금빛 솜털. 부드럽게 봉긋한 가슴. 난 루치아를 위해서 뭐든지 하고 모든 걸 포기할 수 있을 것 같았다.

모든 걸?

딱 한 여자만 빼고 모든 걸. 잠시 뒤에, 아니면 다음 주나 다음 달, 아니면 올해 중 아무 때라도 곤란한 순간에 내게 전화를 걸어와 깜짝 방문을 하겠다고, 벌써 이 도시에, 이 거리에, 아니면 벌써 이 집에, 계단에, 바로 문 앞에 왔다고 말할 그 여자만 빼고. 만약 이게 소설이라면 미뤄 봤자 아무 소용 없으며, 지금 당장 일이 벌어지고 말 거라는 생각이 들었다.

초인종이 울렸다. 나는 자리에서 벌떡 일어났다.

"왜 그래?"

루치아가 물었다.

"초인종 소리야."

"난 아무 소리도 못 들었는데."

나는 말없이 루치아의 머리를 어루만졌다. 아직은 모든 걸 털어놓을 수 있다고 난 생각했다. 아직은 유죄가 선고되지 않았다. 날 용서해 주겠소? 하지만 난 루치아가 용서하지 않으리란 걸 알았다.

나는 옷도 입지 않은 채 복도로 걸어갔다. 이제 문을 열고, 밖에 한나가 서 있는 걸 보게 되면 어떻게 해야 할까? 빠져나갈 방법이 있을 것이다. 영화나 통속 소설을 보면 전혀 가망이 없어 보일 때에도 늘 방법은 있기 마련이다. 주인공은 그럴듯한 변명을 둘러대며 문을 열고 닫고, 한 여자는 이 방에, 다른 여자는 저 방에 밀어 넣어 서로 만나지 못하게 하며 이리저리 술책을 부린다. 이런 내용을 전문으로 하는 장르도 있다. 배짱만 있다면 할 수도 있는 일이었다. 거의 모든 일에는 필요한 만큼의 힘이 생기는 법이다. 이중생활조차도. 하지만 벌거벗은 채 복도에 서 있는 동안 난 자신에게 물었다. 누가 필요한 힘을 가졌는가? 누구에게 이런 힘이 있단 말인가?

나는 손잡이를 잡았다. 나 자신과 재앙 사이에 이제 아무것도 없다는 확신이 안전감을 주었다. 나는 잠시 머뭇거렸다. 왜 난리법석과 대소동을 잠시라도 미루려고 하는가? 한나가 저 밖에 있다면 아이들이라고 없겠는가? 게다가 우울한 실버타운에서 특별 외출을 나온 우리 부모님은 왜 없겠는가? 우리 가족이 다 와 있다면 로벤마이어, 하우버란, 수정 사항의 롱롤프는 왜 없겠는가? 몰비츠도 왜 없겠는가. 벌거벗고 있는 나를 보기 위해 모두들 오지 않앉을까? 비밀, 허상, 판타지, 기만 없는 나, 실제 그대로의 나를 보기 위해.

"들어와."

나는 문을 열었다.

"어서들 들어오라고!"

위험 속에서

"난 우리가 추락한 줄 알았어. 세상에, 이런 거 경험해 본 적 있어?"

엘리자베스는 고개를 저었다. 이번에는 엘리자베스도 최악의 상황을 예상했다. 조그마한 비행기가 돌풍에 끼익 소리를 내며 착륙하는 순간, 의약품 상자들이 금속과 기름 냄새가 진동하는 화물칸에서 이리저리 날아다녔다. 의사 하나가 상자에 이마를 부딪쳤고 사람들은 지혈을 위해 압박 붕대를 감아야 했다. 하지만 레오는 내내 창백하게, 몸을 꼿꼿이 세우고 가만히 앉아 있었다. 부자연스러운 미소를 흐릿하게 띤 채.

"궁금한 게 있는데……." 레오는 목을 뒤로 젖히고 팔을 쭉 펴서 돌리며 말했다. "우리는 왜 이걸 아름답다고 느낄까? 잔디 약간, 꽃 몇 송이, 넓은 하늘. 왜 집에 온 것 같은 기분이 들지?"

"좀 조용히 해!"

엘리자베스는 어지러워서 잠시 바닥에 앉아야 했다. 아스팔트 없이 시뻘건 흙뿐이었는데, 비행기 바퀴에 눌린 흙은 돌처럼 단단했다. 착륙 활주로 가장자리에는 지프 두 대와 제복 차림의 남자들 여럿이 기다리고 있었다. 그중 두 명은 자동 권총을 둘러메고 있었다.

"옛 시대의 꿈같군." 레오가 말했다. "사바나에서의 수백만 년. 그 이후로는 모든 게 한낱 이야깃거리일 뿐이지. 어디 안 좋아?"

"괜찮아." 엘리자베스가 중얼거렸다.

비행기에서 둔탁한 소리가 나며 프로펠러가 돌아갔다. 처음에는 빙빙 돌던 프로펠러가 나중에는 가물가물한 회색빛으로 변했다. 비행기가 활주하기 시작했다. 의사인 뮐너와 레벤탈이 약상자들을 지프에 실었다. 두 사람은 이따금씩 번갈아 가며 레오에게 회의적인 눈길을 보냈다. 이번에 엘리자베스에게 동행이 있는 걸 아무도 달가워하지 않았다. 이런 일은 흔치 않았고, 누구도 그렇게 하지 않았다. 이 신경질적인 손님이 작가라는 게 밝혀지면 엘리자베스는 결코 용서받지 못할 것이다. 작가란 자신이 본 걸 함부로 지껄이는 직업이 아닌가. 하지만 레오는 이번만큼은 고집을 피웠다. 레오는 엘리자베스의 세계를 알고 싶다고 계속 말해 왔다. 진짜 인생이 늘 자신 앞에서는 달아난다는 게 말이 안 된다면서. 엘리자베스가 레오를 데려온 건, 이 진짜 인생을 마침내 레오에게 보여 주고 싶어서였는지도 모른다. 레오가 실제적인 압박하에서 어떻게 행동하는지 궁금해서, 아니면 레오의 소원을 거부할 수가 없어서 그냥 데려왔는지도 모를 일이다.

"진짜 무기예요?" 레오가 두 의사에게 물었다. "저기 저 남자가 들고 있는 무기, 보이시죠? 지프에 탄 남자요. 저 무기 진짜예요?"

"당신 생각은 어떻소?" 뮐너가 물었다.

뮐너는 키가 크고 말수가 적은 스위스 사람으로, 콩고에서 오랫동안 일하며 많은 경험을 했지만 입 밖에 내는 법이 없었다. 뮐너는 비행하는 동안 상자에 머리를 부딪쳤지만 신음 소리 한 번 내지 않았다.

"나도 좀 도울게요!"

레오는 뮐너의 손에서 상자를 빼앗아 적재 장소로 옮겼다. 유리가 쩔렁거리는 소리가 났다.

"헤밍웨이 읽어 봤어요? 난 여기서 내내 헤밍웨이를 생각했어요. 헤밍웨이를 생각하지 않고서 이곳에서 일할 수 있어요?"

"그럼요. 물론이죠." 뮐너가 말했다.

"하지만 저건……." 레오는 무장한 남자들을 가리킨 뒤 막 활주로 끝에서 방향을 전환하는 비행기를 가리키며 말했다. "헤밍웨이 책에서 막 튀어나온 것 같아요!"

"가리키지 말아요!" 레벤탈이 말했다.

"뭐라고요?"

"손가락으로 가리키지 말라고요."

"저 사람들이 화를 낼 수도 있어요. 분명히 그걸 원한 건 아니겠죠." 뮐너가 말했다.

"하지만 당신 일행이잖아요!"

"레오. 제발." 엘리자베스가 말했다.

"하지만……."

"조용히 하고 지프에 올라타!"

엘리자베스가 이를 어떻게 레오에게 설명할 수 있을까? 전쟁 지역에서 일할 때는 어떤 타협이 필요한지 이방인에게 어떻게 이해시킨단 말인가? 잠자리를 제공받고 보호받는 대가로 좀 덜 잔인한 교섭 단체나 이와 비슷한 단체, 아니면 긴급 상황에서는 어떤 단체와도 손을 잡아야 한다는 걸 어떻게 레오에게 설명한단 말인가?

벌써 몇 번이나 엘리자베스는 살인자들의 캠프에서 살면서 그들이 주는 빵과 수프를 먹은 뒤, 엘리자베스에게 잠자리를 제공한 그 살인자들이 파괴한 마을에서 살아남은 사람들을 치료했는지 모른다. 아무것도 순수하지 않고, 어떤 결정도 명쾌하지 않았지만 아무런 문제 제기 없이 그저 부상자를 도우려고 애쓸 뿐이었다.

"저것 봐!" 레오가 소리쳤다.

엘리자베스는 레오의 눈길을 따라갔다. 이륙 활주로 끝에서 비행기가 뜨고 올라가더니 점점 작아지면서 둥근 태양 광선 속으로 사라졌다.

"여기서 추락하면 뭔가 그림이 나올 텐데. 전기에 그럴듯하게 쓸 수 있잖아. 아프리카에서 실종되다." 레오가 말했다.

엘리자베스는 어깨를 으쓱했다.

"마리아 루빈스타인이 1년 전에 실종된 후로 마리아의 작품들은 그 어느 때보다 인기를 끌었지. 마리아가 없는데도 이젠 롬너상까지 수상하게 됐잖아. 세상에, 생각해 봐. 그때 내가 갔어야 했는데. 그럼 어쩌면 지금 마리아가 아니라 내가……. 난 아직도 그 일에 내가 죄책감을 느껴야 하는지 스스로 묻고 있어."

엘리자베스는 머리를 갸우뚱했다. 레오가 무슨 말을 하는지 전혀 알아들을 수가 없었다.

잠시 후에 두 사람은 지프에 딱 붙어 앉아 긴 풀밭 사이로 내달렸다. 바람에 두 사람의 머리카락이 휘날리고 흙냄새가 풍겨 왔다. 태양은 머리 위로 큼지막하게 걸려 있었다. 햇살이 너무 눈부셔서 눈을 꼭 감아야 했고 모든 게 햇빛 속에 녹아내렸다. 레오가 뭐라고 소리쳤지만 엘리자베스는 알아듣지 못했다. 멀리서 희미하게 우르릉거리는 천둥소리가 들렸다.

"뭐라고?" 엘리자베스가 물었다.

"처음으로 진짜 같아!" 레오가 소리쳤다.

"뭐가?"

"뭔가 이렇게 진짜 같은 게 언제였는지 기억이 안 나."

엘리자베스는 다른 문제를 생각하느라 레오의 말뜻이 궁금하지도 않았다. 내일 첫 부상자들을 치료해야 하지만, 마음 한구석에서는 이제 아무 느낌도 없을 거라는 걸 알았다. 모든 게 유연하고 말랑말랑해질 것이며, 할 일을 하는 동안 엘리자베스의 마음속에는 먹먹한 무감각만 있을 것이다. 엘리자베스가 이제는 그만 유럽에 머물고, 더는 이 일을 하지 말자고 벌써 몇 번이나 결심했던가? 옆에는 레오가 수첩을 꺼내 끼적이기 시작했다. 레오는 도대체 무슨 생각을 하는 걸까? 자신이 앙드레 말로인 줄 아는 걸까? 엘리자베스가 어깨너머로 몰래 수첩을 훔쳐 보았지만 몇 가지 단어만 눈에 들어왔다. 거실…… 텔레비전을 끄고…… 놀이터…… 이웃 여자.

레오는 고개를 돌려 엘리자베스의 시선과 마주했다.

"그냥 생각이 떠올랐어! 아이디어가." 레오가 소리쳤다.

풀밭에 잠깐 하이에나의 얼룩무늬 머리가 나타났다. 뒤에 있던 군인이 무기를 겨누었지만 쏘지는 않았고, 하이에나들도 가 버렸다. 레오는 계속 메모했고, 엘리자베스는 레오의 수첩에서 눈을 뗄 수가 없었다. 엘리자베스의 오랜 두려움은 레오가 자신을 소설에 등장시키는 일이었다. 레오가 자신의 목적에 따라 마음대로 바꾼 삐딱한 엘리자베스 복사본을 만들어 낼까 봐 두려웠다. 그런 생각만으로도 참을 수 없었다. 하지만 엘리자베스가 이 문제를 꺼낼 때마다 레오는 슬쩍 피하거나 화제를 바꾸었다.

수도에 있을 때 레오는 눈에 띄게 조심스럽게 행동했더랬다. 엘리자베스가 두 장관과 대화를 나눌 때 레오는 주목을 끄는 행동을 자제한 채 옆에 서서 한마디도 놓치지 않았다. 이틀 동안이나 수돗물이 안 나왔을 때도 레오는 다른 일행들과 마찬가지로 항의하지 않았고, 처음에는 광천수로 몸을 씻었다가, 나중에는 전혀 씻지 않았다. 마지막 날에는 운전사에게 몰래 돈을 주고 최악의 폭동이 일어난 슬럼 지역으로 데려가게 했다. 엘리자베스는 나중에야 이 사실을 알게 되었다. 레오가 차에서 내려 사람들을 인터뷰하고 다녔다는 것이다. 레오는 갑자기 어디에서 이런 용기가 났을까? 레오답지 않은 일이었다. 멀리서 다시 천둥소리가 들렸다. 엘리자베스가 무의식적으로 눈길을 들었지만 갈 길 잃은 구름만이 높이 떠 있을 뿐이었다.

"총 쏘는 소리는 처음 들어 봐요. 대포예요?" 레오가 물었다.

"탱크예요." 뮐너가 말했다.

그렇구나! 엘리자베스는 잠시 눈을 감았다. 레오도 알아챘는데 엘리자베스가 몰랐다는 게 말이 되는가?

마을은 골함석 오두막들로만 이루어져 있었다. 녹슨 지프 두 대가 풀밭 위로 비스듬히 서 있었고, 무장 태세를 갖춘 남자 열댓 명이 불 꺼진 모닥불 둘레에 모여 앉아 하품을 했다. 염소 한 마리가 흙더미에 코를 박고 유유히 냄새를 맡았다. 유럽인 세 명이 몸을 구부정하게 숙인 채 어느 집에서 나왔다. 오십 대 중반으로 안경과 편물 조끼 차림의 자그마한 부인, 가슴에 유엔 표시가 달린 제복 차림의 남자, 두 사람 뒤로 보이는 여자는 갈색 머리에 날씬하고 키가 크며 미모가 출중했다.

"리더고트." 자그마한 부인이 말했다.

엘리자베스는 잠시 시간이 지난 후에야 여자가 자기소개를 했다는 걸 알아차렸다.

"클라라 리더고트예요. 적십자에서 나왔죠. 오신 걸 환영합니다."

"로트만입니다." 남자가 자신을 소개했다. "유엔 보호군 소속입니다. 상황이 아주 불안해요. 얼마나 더 오래 주둔을 견지할 수 있을지 모르겠어요."

전화벨이 울리자 모두들 영문을 몰라 사방을 두리번거렸고, 마침내 레오가 겸연쩍게 웃으며 휴대전화를 꺼냈다. 이곳에서 수신이 된다니 정말 이상한 일이었다! 레오는 뒤돌아 작은 소리로 말하기 시작했다.

"우리 언제 만난 적 있지 않아요?" 엘리자베스가 물었다.

"어디서 만났는지 모르겠는데요." 리더고트 여사가 말했다.

"만났어요. 확실해요. 그리 오래전도 아니고……." 엘리자베스가 말했다.

"말했잖아요." 리더고트 여사의 미소는 한 치도 흐트러지지 않고 그대로였다. "어디서 만났는지 모르겠다니까요!"

엘리자베스는 갈색 머리 여자가 자신을 쳐다보는 걸 알아챘다. 지성과 신비의 광채가 여자를 휘감고 있었다. 어떤 이유에서인지 이 여자가 여기서 가장 중요한 인물 같았다. 여자한테서 도무지 눈길을 뗄 수가 없었다.

"엘미츠 카르너 상이래." 레오가 소리쳤다.

"뭐라고?"

"나한테 엘미츠 카르너 상을 주겠대. 내가 수상할 건지 알고 싶대. 지금은 그런 허튼소리를 생각할 때가 아니라고 말해 줬지."

"그랬더니?"

"알 게 뭐람. 다른 사람이 받게 되겠지. 지금은 전혀 신경 쓰고 싶지 않아. 나를 다른 사람과 착각한 게 틀림없어. 이 상을 중요하게 여길 만한 사람과 말이야."

엘리자베스의 눈길이 다시 여자에게로 향했다. 도대체 여기서 무슨 일이 벌어진 걸까? 엘리자베스의 의심은 애매모호해서 분명하게 표현할 수가 없었다. 바로 그 순간 환한 대낮이었는데도 지평선이 환하게 타올랐고 땅이 흔들리는 것처럼 느껴졌다. 모두 본능적으로 몸을 숙였다. 몇 초 뒤에야 폭음이 들렸다. 레오를 데리고 오지 말았어야 했다고 엘리자베스는 생각했다. 상황이 레오에게는 너무 지나쳤다. 하지만 레오는 침착하고 조심스러워 보였고 입술만 약간 떨었다.

"우리 쪽으로는 안 올 것 같아. 북쪽으로 전진하고 있어. 계속 진군할 것 같은데." 레오가 말했다.

"그렇게 보이는군요." 로트만이 말했다.

"그건 모르는 거야." 레벤탈이 말했다.

"북쪽이 어딘지 어떻게 알아?" 엘리자베스가 물었다.

"이곳에 코끼리 있어요?" 레오가 물었다.

"코끼리들은 모두 국경 너머 있어요. 전쟁이 터지기 전에 도망갔죠." 로트만이 말했다.

"그래서 아프리카에 왔는데. 아프리카에서 죽을지도 몰라. 코끼리도 못 보고." 레오가 말했다.

레오는 갈색 머리 여자에게 미소를 보냈다. 여자는 레오의 눈길을 마주 보았다. 모든 말을 뛰어넘는 신뢰감이 그 눈길 속에 있었다. 서로 깊은 내면까지 아는 사람들 사이에서만 볼 수 있는 완벽한 상호 이해가.

엘리자베스는 자신의 맥박이 빨라지는 걸 느꼈다.

"의약품 목록을 정리해야 해요. 날 좀 도와주시겠소?" 로트만이 엘리자베스에게 말했다.

그건 사실이었고, 지금은 이런 생각을 할 때가 아니었다. 지금은 할 일이 있었다.

이들은 후텁지근한 오두막 안에서 두 사람씩 앉아 주사 병을 정리했다. 로트만은 글씨가 잘 보이지 않아 눈을 가늘게 떴다. 로트만은 힘겹게 호흡했다. 콧수염에 땀방울이 맺혔다.

"왜 유엔 보호군이라고 하죠?" 엘리자베스가 갑자기 물었다.

"뭐라고요?"

"유엔 보호군은 유고슬라비아에나 있죠. 이곳에서는 다른 이름을 써야 해요."

로트만은 잠시 침묵했다.

"그럼 내가 말실수를 했군요. 내가 누구를 위해 일하는지 알아봐야겠어요." 로트만은 웃음을 참으며 말했다.

"누구를 위해 일하시는데요?"

로트만은 난처하게 엘리자베스를 쳐다보았다. 밖에서는 다시 포성이 들렸다. 문이 열리더니 갈색 머리 여자가 들어와 약상자 위로 몸을 숙였다.

"우리 아직 인사 안 했죠." 엘리자베스가 손을 내밀며 자기 이름을 댔다.

"미안해요." 부드럽지만 동시에 힘이 들어간 악수였다. "만나서 반가워요. 내 이름은 라라 가스파드예요."

"당신은……." 엘리자베스는 이마를 문질렀다. "미국에…… 있는 거 아니었어요?"

"이야기하자면 길어요. 아주 복잡하죠. 내 인생 전체가 복잡한 소설로 이루어져 있거든요."

"놀랍군요. 두 사람이 아주 닮았어요." 로트만이 말했다.

"그래요?" 라라가 물었다.

엘리자베스는 자리에서 일어서 말없이 밖으로 나갔다.

엘리자베스는 함석 벽에 기댔다. 여전히 더웠지만 태양은 점차 빛을 잃어 갔다. 곧 어두워질 것이다. 적도 부근에서는 날이 아주 금방 저물었다. 잠시 후에야 엘리자베스는 레오가 옆에 와 있는 걸 알아챘다.

"모든 게 진짜 일어난 거 아니지? 그렇지?" 엘리자베스가 물었다.

"그건 어떻게 정의하느냐에 달렸지." 레오는 담배에 불을 붙였다. "진짜라. 이 말에는 너무 많은 뜻이 담겨 있어서 아무 뜻도 없어."

"그래서 당신이 아주 자주적이라는 거야. 몹시 신중하고 누구에게든 맞서지. 바로 이게 당신 버전이야. 그때 우리가 한 여행에서, 또 내 일에 대해 알아낸 사실에서 당신이 만들어 낸 결과물이야. 물론 라라도 있고."

"라라는 내가 있는 곳에 늘 함께 있어."

"나도 마찬가지라는 거 알았어. 내가 당신 소설에 나온다는 거 알았어! 바로 그거야말로 내가 원치 않던 일이야!"

"우린 늘 소설 속에 있어."

레오는 빨갛게 타오르도록 담배를 한 모금 빨고 나서 담배를 내려놓더니 더운 공기 속으로 연기를 내뿜었다.

"이야기 속의 이야기 속의 이야기. 이야기가 어디에서 끝나고 어디에서 시작하는지는 아무도 몰라! 현실에서는 모든 게 뒤섞이지. 책에서만 말끔하게 분리되는 거야."

"유엔 보호군 건은 당신이 모르는 편이 나았는데. 조사에 대해 들어 봤어?"

"나는 그런 종류의 작가가 아니야."

"그럴지도 모르겠다. 당신을 믿을게." 엘리자베스가 말했다.

레오는 엘리자베스를 쳐다보았다. 엘리자베스는 마음속에 슬픔이 밀려오는 걸 느꼈다. 다시 지평선이 번쩍거렸다. 저 바깥에는 죽음이 있고, 그곳의 현실이 너무 요란하고 아파서 표현할 말을 찾을 수 없을 정도였다. 레오가 꾸며 낸 것이든, 아니면 엘리자베스가 진짜 이곳에 있었든 아무 상관이 없었다. 순수한 충격의 장소가 있었고, 모든 사물이 그 자체로만 존재하는 장소가 있었다.

"하지만 지금은 아냐. 이 소설에서는 아니야." 레오가 말했다.

두 사람은 잠시 침묵했다. 이들 앞에서 제복 차림의 남자들이 모닥불을 피웠다. 이제 이들은 모닥불 주변에 모여 앉아 그들의 언어로 나지막이 이야기를 나누었다. 한번씩 누군가가 웃음을 터뜨렸다.

"현실에서 당신은 어쨌든 상을 거부하지 않을 거야. 담배 하나 줘."

"마지막 담배였어."

"어떻게 못 해?"

레오는 고개를 저었다. "맙소사, 못 해. 나도 당장 담배가 더 필요해. 너무 불안해."

엘리자베스는 눈을 깜박였지만 레오를 더는 쳐다볼 수가 없었다. 엘리자베스는 레오가 실제처럼 느껴지지 않았고, 투명하게 보이는가 싶더니 이제는 레오 자신의 대리인처럼 보였다. 그리고 그동안 오두막 안에서는 라라 가스파드의 현존과 카리스마가 한층 더 강해졌다는 걸 엘리자베스는 알았다.

"가련한 리더고트 여사! 정말 그 부인까지 이용했어야 했어?"

"그럼 안 될 이유라도?"

레오의 목소리는 거의 형체가 없었고, 목소리는 사방에서 들려오는 듯하더니 저녁 바람에 실려 거의 들리지 않을 정도였다.

"난 그 부인을 아주 쓸모 있게 봤는데."

"쓸모 있다고."

"그게 나빠?"

엘리자베스는 어깨를 으쓱한 뒤 다시 안으로 들어갔다. 라라 가스파드는 연필을 들고 꿈을 꾸듯 집중해서 스케치북에 그림을 그렸다. 라라 가스파드가 얼마나 우아하게 보이던지! 그 옆에는 로트만이 다 낡은 프랑스 페이퍼백을 읽고 있었다. 미구엘 아우리스토스 블랑코스의 『나 자신이 되는 법』이었다. 뮐너와 레벤탈은 민병대 군인과 카드 게임을 했다.

"때로는 그가 카드를 나눠 줘." 뮐너가 속삭였다. "때로는 우리가 나눠 주고. 우리가 카드를 보고 있으면 누가 이겼는지 그가 우리한테 말해 줘. 도대체 무슨 이런 게임이 다 있어?"

엘리자베스는 무슨 게임인지 자신도 모른다는 걸 알리려고 어깨를 으쓱해 보였다. 엘리자베스는 자리에 앉아 벽에 머리를 기댔다. 무척 피곤했지만 깨어 있고 싶었다. 잠들자마자 어떤 꿈을 꾸게 될지 누가 알겠는가?

"레오는 도대체 어디 있어요?"

뮐너가 고개를 들고 반문했다. "누구 말이오?"

엘리자베스는 고개를 끄덕였다. 사람들은 이렇게 했다. 이렇게 해서 책임감에서 벗어났다. 레오는 이미 이류 신처럼 여기저기 떠돌면서 사물 뒤를, 하늘 위를, 땅 밑을 캐고 다녔다. 레오에게 책임을 물을 가능성은 이제 없었다.

"이제 그만 자러 가요." 라라 가스파드가 스케치북을 덮으며 말했다. "내일은 힘든 하루가 될 거예요."

엘리자베스는 눈을 감았다. 이게 소설이라면 뭔가 일이 벌어지고 힘들어질 것이며, 힘들어지지 않는다면 이건 소설이 아니었다. 잠이 엘리자베스를 어디로 데려가 줄 것인가? 갑자기 엘리자베스는 아무 상관이 없어졌다. 엘리자베스의 휴대전화가 울렸다. 엘리자베스는 벨 소리에 신경 쓰지 않았다.

옮긴이의 말

현실과 허구 그 사이 어딘가에서

현재 독일 문학계에서 가장 주목받는 젊은 작가 다니엘 켈만은 1975년에 독일 뮌헨에서 태어나 스물두 살의 나이에 장편소설 『베어홀름의 상상』으로 데뷔했다. 독일 전후 문학사에서 가장 큰 성공작이자 40개 언어로 번역되어 세계적인 베스트셀러가 된 『세계를 재다』 이후, 그가 어떤 후속작을 내놓을지는 평단의 큰 관심거리였다. 이런 관심 속에서 2009년에 발표한 『명예』에서 켈만은 '이야기 속의 이야기 속의 이야기'라는 실험적인 구성을 시도했다. 이 작품에는 뚜렷한 플롯도 없고, 처음부터 끝까지 등장하는 주인공도 없다. 그러나 이 200쪽짜리 『명예』를 완성하는 데 작가는 1년을 소요했다. 이 작품에는 모두 아홉 편의 이야기가 들어 있다. 작가는 이 아홉 편이 각각 독자적으로 읽힐 수 있어야 한다는 걸 전제 조건으로 했다. 이 작품이 돋보이는 이유는 각각의 이야기들이 독자적으로 읽히면서도 서로 연결되어 있다는 점 때문이다. 서로 톱니바퀴처럼 물고 물리면서 하나로 연결되는 이런 상황을 작가는 본문 속에서 이런 대목으로 표현한다.

이야기 속의 이야기 속의 이야기. 이야기가 어디에서 끝나고 어디에서 시작하는지는 아무도 몰라! 현실에서는 모든 게 뒤섞이지. 책에서만 말끔하게 분리되는 거야.(200쪽)

이야기들은 자체로 완성된 구조지만 서로 연결되어 있고, 개별 이야기 속 인물과 동기는 전체적인 큰 그림 속으로 녹아든다. 어떤 이야기에서 주연을 맡은 인물이 다른 이야기에서는 조연이나 실루엣으로만 처리되고, 몇 쪽 넘어가면 현실이 비현실로, 꿈은 현실로 판명 나기도 한다. 다니엘 켈만은 한 인터뷰에서 이 작품의 허구는 평면적이지 않고 다층적이기 때문에, 굳이 이를 의식하지 않고 읽어도 좋지만 전체적인 연관성을 염두에 두고 읽는다면 훨씬 더 재미있는 독서가 될 거라고 밝혔다.

이렇게 이야기들은 서로 다양한 레벨에서 진행되며 얽히는데, 우선 1차적인 레벨은 다니엘 켈만이 들려주는 이야기다. 2차적인 레벨은 작품 속에서 작가로 나오는 레오 리히터의 두 이야기(「로잘리에가 죽으러 가다」, 「위험 속에서」)다. 일부 이야기와 등장인물은 이런 레벨의 논리적인 경계를 침범하기도 한다. 예를 들어 「로잘리에가 죽으러 가다」 편에서 레오는 자신의 작품 속 주인공인 로잘리에와 대화를 나눈다. 또 연인인 엘리자베스를 모델로 라라 가스파드라는 소설 캐릭터를 만들어 낸 뒤, 후에 엘리자베스로 하여금 라라 가스파드와 맞닥뜨리게 한다. 「토론에 글 올리기」에서는 몰비츠가 라라 가스파드를 몹시 좋아한 나머지 직접 만나기 위해 레오의 소설 속에 들어가고 싶어 한다. 다니엘 켈만이 레오 리히터와 엘리자베스를 만들었다면, 레오 리히터는 다시 로잘리에와 라라 가스파드를 만들어 냈다.

마트료시카 인형처럼, 다니엘 켈만의 『명예』를 열어 보니 그 속에 다시 레오 리히터의 소설이 떡하니 자리 잡은 형상이다. 어디까지가 소설이고, 또 어디까지가 소설 속 소설인지 경계가 모호하다. 이렇게 이야기들은 퍼즐 조각처럼 서로 맞춰지고, 꼬리에 꼬리를 물듯 이어지며 연결된다. 그러면서 끝과 시작은 모호하게 흐려지고 경계를 나눌 수 없게 된다. 『명예』에서 허구는 현실보다 더 진짜같이 되어 버린 것이다. 바로 이 점이 이 책의 매력을 극대화시키고 다니엘 켈만이라는 작가를 주목하게 만드는 요소다.

이런 점 때문에 "다니엘 켈만은 소설 『명예』로 세계적인 문학을 이룩"(《벨트보헤》)했다. 그리고 "현실과 평행 현실, 픽션과 메타픽션을 멋지게 표현한 작품으로, 가볍지만 심오하고, 슬프지만 웃기고, 구성이 뛰어나고 문체가 유려한 지적인 작품"(《프랑크푸르터 알게마이네 차이퉁》)이라는 평가를 받았다.

다니엘 켈만은 왜 현실과 허구 사이의 경계를 허물려고 했을까? 최첨단 통신 기술 덕분에 우리가 무수한 평행 세계에 살게 되었기 때문이리라. 평행 세계가 가져오는 결과를 인식하지 못한 채 우리는 이 세계 안에서 자신을 발견하기도 하고 잃어버리기도 한다. 이와 함께 우리는 자신의 정체성을 잃게 될 위험에 처해 있다. 나날이 발전하는 통신 세상에서 현실과 가상 사이의 경계는 현실과 문학적 허구 사이의 경계만큼이나 모호해진다. 다니엘 켈만은 이런 주제를 심층적인 소설로 녹여 내는 것이 아니라 표면에 머물면서 아홉 편의 이야기로 담담하게 조명한다. 그러면서도 기술이 지배하는 세상에서는 사소한 프로그램의 실수나 기술 결함으로 모든 것이 엉망이 되어 버릴 수 있다는 주제를 놓치지 않는다.

첫 이야기인 「목소리」에서는 통신사의 사소한 기술적 결함이 한 평범한 인생을 어떻게 바꿔 놓고 휘저어 놓는지 잘 보여 준다. 에블링은 새로 휴대전화를 장만해서 번호를 발급받지만 통신사의 실수로 영화배우 랄프 탄너와 동일한 번호를 받게 된다. 이로 인해 한참 혼란을 겪지만 결국에는 번호가 바뀐 게 아니라 실은 두 사람의 인생이 뒤바뀐 건지도 모른다는 착각이 들게 한다. 모든 게 에블링의 몫이었는데 우연히 두 사람의 운명이 뒤바뀐 건지도 모른다고 말이다. 「동양」에서는 충전기를 챙기는 걸 잊은 마리아 루빈스타인이 낯선 동양에서 휴대전화 배터리가 나갔다는 이유 하나로 난감하고 어이없는 상황에 처한다. 휴대전화의 불통이 유럽인이라는 자신의 정체성마저 불통으로 만들어 버린다. 「토론에 글 올리기」에서는 한 블로거가 인터넷이 불통인 호텔에 며칠 묵으면서 정체성의 혼란을 겪는다. 「내가 어떻게 거짓말을 하며 죽어 갔는지」에서는 중년의 팀장이 휴대전화 문자 메시지와 인터넷 메일을 이용해서 두 연인 사이에서 이중생활을 영위해 나간다.

사소한 우연은 많은 것을 갑작스럽게 바꾸고, 인생을 완전히 새로운 방향으로 이끌지만 그 뒤에는 자아의 정체성 문제가 숨어 있다. 자신을 바꾸고, 다른 인생을 살고 싶다는 소망은 이에 대한 반응으로 이해할 수 있겠다. 《슈피겔》과의 인터뷰에서 다니엘 켈만은 『명예』에 대해 "잊히고, 사라지고, 자신을 잃어 가고, 해체되는 것에 관한 책"이라고 말했다. 가히 다니엘 켈만답다고 하겠다. 세계를 새로 발견하고 인생을 새로 발견하는 것, 한 인생에서 벗어나 다른 인생으로 들어가는 것. 그것이 꿈이든 현실이든 간에.

그러나 우리가 살아가는 인생만큼 복잡하고 다층적인 이야기가 또 있을까. 현실과 가상의 경계는 갈수록 모호해지고, 그 결과 나에 대한 정체성을 찾고 규명하는 일도 더 어려워졌다. 거미줄처럼 얽힌 통신 네트워크라는 세계 안에서 나라는 존재의 위치와 무게는 어느 정도일까? 현실이 가상이 되고, 또 가상이 현실이 되는 세상에서 꿈속에서 또 꿈을 꾸는 것처럼, 이야기 속에서 또 다른 이야기를 풀어내는 것처럼, 내 안의 내가 또 다른 세상을 살아가고 있는 건 아닐까.

2011년 2월
임정희

명예

1판 1쇄 펴냄 2011년 2월 18일
1판 5쇄 펴냄 2020년 2월 6일
2판 1쇄 찍음 2025년 9월 1일
2판 1쇄 펴냄 2025년 9월 10일

지은이 다니엘 켈만
옮긴이 임정희
발행인 박근섭·박상준
펴낸곳 (주)민음사

출판등록 1966. 5. 19. 제16-490호
주소   서울특별시 강남구 도산대로1길 62(신사동)
        강남출판문화센터 5층 (우편번호 06027)
대표전화 02-515-2000 | 팩시밀리 02-515-2007
홈페이지 www.minumsa.com

한국어 판 © (주)민음사, 2011, 2025. Printed in Seoul, Korea

ISBN 978-89-374-2285-0 (03850)

*잘못 만들어진 책은 구입처에서 교환해 드립니다.